唐家小主
著
TANGJIAXIAOZHU

天津出版传媒集团
天津人民出版社

图书在版编目（CIP）数据

剜初心 / 唐家小主著. -- 天津：
天津人民出版社,2015.5（2020.3重印）
ISBN 978-7-201-09324-6-01

Ⅰ.①剜… Ⅱ.①唐… Ⅲ.①长篇小说－中国－当代
Ⅳ.①I247.5

中国版本图书馆CIP数据核字(2015)第093607号

剜初心

WAN CHUXIN

唐家小主　著

出　　版	天津人民出版社
出 版 人	刘　庆
地　　址	天津市和平区西康路35号康岳大厦
邮政编码	300051
邮购电话	（022）23332469
网　　址	http：//www.tjrmcbs.com
电子信箱	reader@tjrmcbs.com

责任编辑	玮丽斯
装帧设计	芬 子 兜 兜

制版印刷	三河市华东印刷有限公司印刷
经　　销	新华书店
开　　本	660毫米×960毫米　1/16
印　　张	18
字　　数	163千字
版权印次	2015年5月第1版　2020年3月第2次印刷
定　　价	42.80元

目录

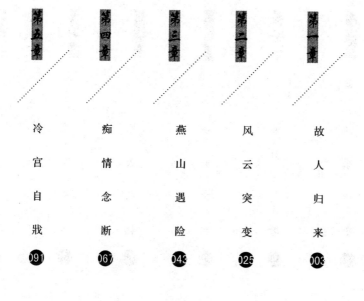

目录

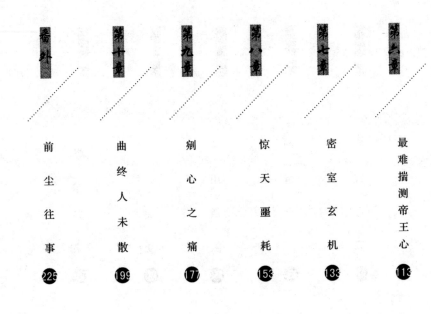

引子

大燕。

同德四十三年，新帝登基第六年。

运顺皇帝南宫曜是大燕的第三任皇帝，十八岁登基，二十出头就已然是一代功勋帝王。

开运河，攻打南方蛮荒诸国，鼓励农业，免减赋税，但凡一个千古明君所要做的，他便不遗余力地做。当然，皇朝动荡，那高高的龙椅并非什么人都能坐上的，其背后所经历的亦非常人所能道破。

同德三十七年的『三王之乱』让人记忆犹新，只是那时争霸的皇子均已不知所踪，或死、或伤、或发配，却唯有当时籍籍无名的六皇子南宫曜笑到了最后。

世人都说，运顺帝的皇位来得不磊落，杀兄夺权，甚至出卖牺牲了自己心爱的女人，可这些又有谁敢写进史书呢？

他是一代帝王，福泽天下。

他的皇后是一代巾帼女英雄霍青桑。

他的岳父是镇国将军霍云。

还有一位勇冠三军的大舅子霍庭东。

第一章

故

人

归

来

1 帝后不和

夏风卷着一股子灼热从洞开的窗棂吹进空荡荡的舒兰殿，昏暗中，一只素白的纤手执起绣剪，干净利落地挑起灯芯，偌大的殿宇里仿佛亮了几分，却又让照不到的某些角落显得越发森冷。

宫女素衣谨慎地站在桌前，对面的贵妃椅上，面容略显清瘦的女子只穿了一件妖娆绯红的薄衫，滚了金丝琉球花边的衣襟微微敞开，露出一截白皙如凝脂暖玉的锁骨，红与白的极致呼应，显现出一种说不出的妖娆诱惑，或者说是慵懒的妩媚。

素衣小心翼翼地接过霍青桑手里的剪刀，轻轻放到桌面，柔声道："娘娘，将军府来信了。"说着，从怀里掏出一根拇指粗细的空竹，拨开封口的火漆，拿出一张鹅黄的素笺。

片刻之后，霍青桑微敛的秀眉挑了挑，五指收拢，手中的素笺被揉成一团。尖锐的指甲戳破掌心的嫩肉，殷红染了素笺，血丝从指缝间溢出。

素衣心中一寒，担忧地看着她，轻唤："娘娘？"

霍青桑茫然地抬起眼帘，目光落在素衣的脸上，恍惚间好似看到多年前的自己，那时她还是鲜衣怒马的少女，那时她还曾毫不畏惧地站在那个人面前，夸下海口说："即便你今日不爱我，总有一日会将我如珍宝捧在手心，放眼大燕国，除了我，又有谁能配得上你？"

那时她可曾想过，有一日自己会一败涂地，即便终于站在他身侧，也不及那人一颦一笑？

她不由得一阵冷笑，笑声中带着一丝自嘲和落寞。

"苏皖回来了。"她淡淡地开口，果然见素衣的脸瞬间苍白失色。

是啊，那个女人回来了，她便立即成了一个笑话，天底下最大的笑话。

"娘娘？"素衣担忧地看着霍青桑从软榻上直起身，便伸手拿起屏风上的外袍为她披上。

霍青桑抿了抿唇，将手中的素笺放在忽明忽暗的烛火上，细微的火苗顿时蹿起老高，险些舔过她素白的手指。

"娘娘，小心。"素衣一把拉回她的手，心疼地握在手心，"娘娘，您别难过，就算她回来又如何？这宫里那么多弯弯绕绕，她也未必能好过。况且，老爷必然不会允许皇上这么做的。"一个嫁到西域和亲的女人而已，如今西域王死了，皇上竟然想要把她接回来，这种荒谬的事，朝堂之上必然有诸多言官反对才是。

"是吗？"霍青桑抿唇轻笑，抽回手，感觉指尖一阵灼热的疼，她低头看了一眼发红的指尖，薄唇边溢出一抹浅笑，"素衣，给本宫更衣，摆驾乾清宫。"

素衣微微一愣，有些担忧地看着霍青桑。

皇后自从数月前与皇上发生争执后，已经好久未曾踏入过乾清宫，此时过去，一场风浪怕是在所难免。

乾清宫里依旧灯火通明，她静静地立在大殿门口，目光越过桌案看向对面的人。仿佛时光不曾流逝，他还是初见时的模样，可那一抹明黄却又真真实实地告诉她，一切早已不一样了。

如今他已羽翼丰满，再不用倚靠霍家，他满心满眼都是如何把自己心爱的女人迎接回来，心心念念的是如何铲除霍家。

掌心还在微微刺痛，她低敛着眉，唤了一声："皇上。"

南宫曜手里的朱笔一滞，红色的墨迹晕染了面前的奏折，那内容分明是御史大夫上奏弹劾镇国将军霍云的。

"啪！"

他懊恼地合上奏折，只觉得心里仿佛被什么狠狠敲了一下，不疼，却是一种窒息般的难受。

"你都知道了？"他缓缓抬起头，墨色的长发从颈边滑落，仿佛泄了满室的芳华。可终归不再是当年委曲求全的绝色少年，今日手握乾坤，便是眉眼中都带了几分戾气。

霍青桑说不出心底是何种滋味，只觉得心口闷疼，好一会儿才迈步走进大殿。

宫灯把她的身影拉成一条细长的线，忽明忽暗。

南宫曜静静地看着她，眼中波澜不惊，却唯有握成拳的手告诉他，这些年过去了，他还是无法平静地面对她。

霍青桑迎着他的视线，略显英气的眉微微挑起，薄唇微微开启："皇上真要迎苏皖回宫？"

南宫曜的瞳孔缩了一下，他猛地站起来，清俊的脸上带着一丝冷嘲："没想到镇国将军的消息这么灵通，转瞬就到了皇后的耳中！怎么，皇后这是要来问罪？还是想如当年一样，把她再次送走？"一番话下来，像是刀子似的扎进霍青桑心里。

但是她毫不畏惧，高昂着头，讥讽道："臣妾不敢，只是皇上真的对一个寡妇感兴趣？"

"霍青桑！"南宫曜抓起桌上的砚台，一把掷了过去。

霍青桑侧身避开，飞溅的墨汁却还是染黑了她的鹅黄色宫服。她踏着步子，一步步逼近，如若高傲的神女，连眼神都带着一丝冷冽与不屑。

南宫曜突感一股压力，有一种无所遁形的狼狈感。

这么些年了，他早已不是当年那个需要仰仗他人的皇子，他手握天下，是人人称赞的明君，可为何只要一面对霍青桑，他还是有种说不出的心虚，说不出的狼狈？

他恶狠狠地瞪着她，直到她走到近前才猛地发现，她也已不是那时的她。

那时她端坐在汗血宝马之上，身上披着鲜红的软甲，在点将台上风

光无二。

他还记得她当时不过十三岁的年龄，便已经随着镇国将军东征北讨，骨子里少了世家贵女的端庄优雅，却自成一股洒脱和英气。

那时他不过是个不受宠的皇子，隐在人群后看着她意气风发的样子，心中难免忍不住嫉妒几分。

而如今，他低头看着她，依然是旧时模样，只是裹在华贵凤袍下的人再不见那时风华。

他冷冷一笑，一把扣住她略显消瘦的下巴，居高临下地看着她："霍青桑，你如今还能拿什么阻止我？当年你们父女用皇位相逼，迫使我把苏皖送走，让我眼睁睁看着心爱之人转嫁他人，那种钻心的痛苦你可知道？"他越说越恨，手上的力道越发无法控制，好似只有看着她痛苦，看着她难过，他的心里才能好受一些。

霍青桑倨傲地看着他："那又如何？即便你接回来，我还是有办法把她送走。已经是一个不洁之人了，朝廷容不下她，后宫更容不下她！"

"霍青桑！"南宫曜怒道，只觉得心中气血翻涌，微敛的冷眸只看得见她那一张一合的薄唇，恨不能将它掩住。

然后，他竟真的鬼使神差般俯身覆了上去。

淡淡的茉莉香在鼻端弥漫开来，他猛地一阵战栗，狠狠咬住她的薄唇，直到口中尝到血腥的味道，骨子里的嗜血因子一下子被激发出来，带着无法熄灭的怒火。

他仿佛要就此将她揉碎在怀里，凶狠地吻着她，如同一只凶悍的狼，只要逮住猎物便不死不休。

霍青桑被迫地承受他凶悍的吻，娇小的身子被他死死地困在怀里，他搁在她肩头的手几乎要掐断她的肩胛。

到底是有多恨才能如此？

她不知道，也无法把自己从他的仇恨里摘除。又或许她本就沉浸在他的仇恨当中，因为是恨，所以她霍青桑必定会在他的生命中画上浓墨重彩的一笔。

想到此，她便笑了，开始疯狂地回吻他，啃咬他的唇，将他所有的愤怒全部吞噬。

他们的欢爱从来都是凶猛的，互相伤害的，恨不能把对方生吞活剥，就如同欢爱过后要啃食掉爱人的螳螂……

次日清晨，舒兰殿。

素衣担忧地看了眼床上的人，昨日夜里，乾清宫的内侍匆匆将皇后抬了回来，那情形现在想来还是格外令人心惊。

这宫里的人都知道帝后不和，皇后娘娘久不去乾清宫，昨日去了一趟，却不想竟是那么没脸地被抬了回来。

素衣想起她那一身的青紫，心中不免跟着揪疼了。

"娘娘！"

"没事。"霍青桑失神地看着床顶，身子仿佛被无数巨石碾压一般

酸疼，可这酸疼又比不过心里的疼。

素衣心疼地拢了拢她的发丝："娘娘，皇上他……"

"别说了。"霍青桑扭过头，"昨日的事不许对人提起，皇上也肯定不会差人上玉牒史册。就这样吧！"说着，她低头看了眼青紫的手臂，脑中闪过昨夜的荒唐，心知他不过是想借由那事羞辱自己而已，在他眼中，她从来不是他的妻，也无需用对待妻子的温柔体贴对她。

他和她，或许从一开始就是敌人，互相厮杀，不死不休。

她忍不住冷笑出声，看得一旁的素衣越发心疼。

"算了，你先出去吧，我想一个人静一静。"

素衣无奈地看了她一眼，碎步退出了舒兰殿。

2 无诏进京

下了早朝，南宫曜的心情还是不好，心上仿佛压着一块石头，明明想要移开，却总是无能为力。

几个言官果然如他预想的那样，极力反对苏皖回京，甚至不惜拿命在朝堂上威胁他。一想到那几个老学究，南宫曜便恨不能一个个都收拾了去。

霍云这次倒是学聪明了，自己不跳出来，只是离间几个挑刺的言官来忤逆他。当年他势弱，不得不仰仗霍家才能顺利登基，可今日他说什么也不会再任由霍家坐大。

收敛了心神，刚想端起面前的茶杯，才想起昨晚被霍青桑抢了一拳，唇角隐隐作痛。那个泼妇！心中暗骂一声，气得摔了茶杯，倒是把外间的宫人吓得脸色青白。

小喜子进来的时候，低眉顺目地看了眼主子的脸，忍不住缩了缩肩，暗道，皇后娘娘也是个泼辣人，这几年帝后不和本就闹得不可开交，这次可好，两个人还动起手来了。

"皇上！"小喜子支支吾吾地开口，一面偷眼看着脸色阴沉的南宫曜。

"什么事？"南宫曜抿了抿唇，抬手挡住唇角。

"皇后娘娘求见。"

"啪！"

南宫曜猛地摔了砚台："不见。"

"可是……"小喜子脸色一白，外面那位主儿可不是一般人，一个"不见"怕是打发不了她啊。

"怎么？朕指使不动你了？"南宫曜冷笑，抓起桌上的折子就往小喜子脑门上打。

小喜子被打得一个趔趄："奴才不敢，实在是，实在是……"

南宫曜刚欲追问，便见御书房的大门被人用力推开，霍青桑穿着一件金丝红甲闯了进来。

背着光，金丝甲上仿佛镀了一层薄薄的光圈，南宫曜看得有些发愣，等回过神的时候才一脚踹开小喜子冲过去，一把抓住霍青桑的手："霍青桑，你昨晚还没闹够，今日又来干什么？"目光落在她腰间的金

鞭上，怒气更是越发高涨，"谁准许你穿着甲胄进出御书房的？"

霍青桑冷笑着望着对面的男人，手腕一动，从他手中挣脱："皇上可还记得这件战袍？"她挺直脊背，英气逼人，"当年我随父亲征战，先皇赐我金甲战袍，又送金鞭，言道，希望此鞭能替我大齐扬威，鞭打周边作乱小国。"

南宫曜身子一震："你什么意思？"

霍青桑抿唇浅笑："意思就是，苏皖既然已经嫁到西域，便是西域臣民，如今边关形势紧张，她未必不是细作。她若进宫，金鞭无情！"

"你敢！"

"我有什么不敢的？"霍青桑讥笑一声，目光定在他红肿的唇角，"皇帝都敢打，还有何不敢？"

一旁的小喜子听了，险些没自寻梁柱撞昏过去。敢打皇上，这可是罪同反叛啊！

"好你个霍青桑，来人！"南宫曜怒道，"把皇后给我绑了，私穿甲胄擅闯宫中，罚在舒兰殿自省三个月。"

霍青桑冷凝着眉，不卑不亢，仿佛就此望进他的眼、他的魂，让他突生一股说不出的恼怒，竟一扬手，狠狠地挥在她脸上。

清脆的巴掌声在大殿里回荡，霍青桑偏过头，白皙的颈子侧露出来，上面一抹淡粉色的疤痕赫然映入南宫曜的眼中。

其实巴掌落下的瞬间，南宫曜便后悔了，这几年虽然与她争执吵闹，却未曾动手，今日也不过是气得失了理智。

他无措地望着未来得及放下的手，又抬头看了眼歪着头的霍青桑："青……"桑字终究含在嘴里未能吐出，只因她已豁然转身，徒留一抹萧瑟的背影。

不出半日，皇后穿战甲私闯御书房惊驾，被关押在舒兰殿自省的消息便在宫中传得沸沸扬扬。

南宫曜登基之初，后宫妃嫔并不充裕，只有当皇子时的几个姬妾随入宫中，帝后大婚后，霍青桑又仗着娘家强势，几乎霸宠后宫。直到南宫曜执政后，帝后关系越发恶化，皇帝于一年前大选秀女，广拓后宫。

他还记得霍青桑当时是如何的暴怒，却又无可奈何地亲自安排一个个秀美娇艳的女人侍寝事宜。她是皇后，既然当了这母仪天下的女人，丈夫，便再也不是她一个人的。

他乐于看着她痛苦，冷着脸对新晋的秀女妃嫔冷嘲热讽，争风吃醋，这让他有一种慢慢凌迟她的感觉。

那一年，南宫曜觉得自己既荒唐又可笑，竟然为了给她添堵，宠幸了一个又一个美人，把后宫搅得乌烟瘴气。

直到那年年末，他与霍青桑年仅两岁半的幼子溺水早夭，后宫才彻底平静，一向横行霸道的霍青桑仿佛突然间换了个人，打那以后便身居舒兰殿，甚少干涉后宫之事了，而他亦再也无甚心思去想要用幼稚的方法激怒她。

因为她不在乎了。

思及此，亦想到那可怜的孩子，心中不由得一阵揪疼。

　　"皇上。"小喜子胆战心惊地唤了一声，把南宫曜的思绪从回忆中拉了回来。

　　"什么事？"他忙收敛心神，也不知怎的，最近心中总是惴惴不安，时不时会想起这些旧事。

　　"尚书省的李大人在殿外候了几个时辰了。"

　　"不见。"又是一个来劝诫他的。当年他无力扭转局势，才不甘不愿地忍气吞声送走苏皖，今日他接回心爱之人又有何不可？朝中的几个言官竟然被霍云撺掇着说他色令智昏，真是吃了熊心豹子胆了。

　　思及此，他又忍不住抿唇冷笑，霍云，我不信你就真的能坐住。

　　"小喜子。"

　　"奴才在呢。"

　　"边关可有消息了？"他懒洋洋地抿了一口桌上的茶，微敛的眸光染了一抹杀气，放下杯子的时候，茶水溢出，把桌面摊开的折子染湿了。

　　小喜子脸色一白，从怀里掏出一本折子："这是昨日边关来的密报。"

　　南宫曜剑眉微挑，打开折子，紧抿的薄唇勾出一抹冷笑，摊开的折子上，赫然用朱砂写了几个大字——

　　霍庭东无诏私自回京。

　　他轻轻合上折子："算算时间，霍庭东怕是快要进京了。"

霍庭东是镇国将军霍云的义子，当年霍云在西北战场一战八年，回来时身边带了一个七岁的男孩，便是霍庭东。

那时霍青桑不过三岁的年纪，霍母在生下霍青桑的时候便难产离世，霍青桑自小是养在外祖母家中的。

霍青桑五岁时被接回将军府后才知道有了这么一个哥哥，只是霍云对霍庭东的生母从来闭口不谈，世人也只猜测是霍云在西北时的私生子。

霍云南征北讨，有很长时间不在京城，兄妹俩基本上算是相依为命，直到霍青桑十三岁，兄妹二人才一起随父出征。

同德三十七年春，先皇病逝，三王动乱，京中乱成一团，霍云匆匆赶回京城，并拥立当时势单力薄的六皇子南宫曜为帝，同年十一月，苏皖被匆匆送往西域和亲，霍青桑则嫁给了南宫曜。

次年春，霍庭东离开京城驻守边关，一别六年。

霍青桑收到将军府送来的消息时，霍庭东已经私自带兵三万，无旨归京，人就驻扎在京外三百里的沧城。

"哥哥真是糊涂！"霍青桑气得一把将信笺揉烂，一旁的素衣吓得大气都不敢出。

宫灯把她的身影拉得细长，霍青桑焦躁地连连踱步，末了，长长叹了一口气："素衣，我得见哥哥一面。"说着，伸手开始扯头顶的金步摇。

"娘娘，可使不得啊！宫妃不可无故接见外臣的，况且大公子是无诏归京，还私带了那么多兵马，不是开玩笑的。"素衣连忙劝阻。

霍青桑又岂能不知这些，可此时不见，若是哥哥真的做出什么事，便是真的要把霍家推到皇上的铡刀下了。

想着，她忍不住冷笑，一边褪下厚重的宫服，一边示意素衣准备轻便的常服，又在外面罩了一套侍卫的制服。

过了掌灯时分，偌大的宫殿便被黑暗笼罩，长明灯照不到的地方仿佛蛰伏着一只巨兽，时时准备吞噬那些不慎迷失的路人。

巡夜的侍卫刚刚过去一拨，下一拨将在一炷香的时间后过来换岗。

一道黑影快速穿过长廊，很快便消失在漆黑的夜色里。

黑暗中蛰伏的人满意地晃了晃发麻的脖颈，转身快速朝乾清宫奔去。

殿门是虚掩的，那人轻轻推开殿门，大殿里，一身明黄的皇帝端坐在书案之后，微敛着眉，墨色的长发从肩头滑落，见到他时微微一笑："可是皇后那里有动静了？"

来人穿着夜行衣，面上罩着黑纱，他朝南宫曜点了点头："已经要人跟上了。"

南宫曜的眼中闪过一丝复杂的情绪："悄悄传令下去，西域那边可以有动作了。你亲自挑人去接她。"

来人点了点头，也不叩首，转身如来时一样悄无声息地离开。

3 哥哥

汴京城外三十里处有一座山，名曰困龙山。之所以叫困龙，是因为其山势险峻，易守难攻，可以说是汴京的门户。

今日，向来平静的困龙山却显得格外喧嚣，不，或者用剑拨弩张来说更为贴切。从边关归来的一支神秘军队几乎是以雷霆之势包围了困龙山，山脚下一片灯火通明，将军已经下令安营扎寨，炊烟四起。

一匹枣红色的骏马从汴京方向沿着栈道疾驰而来，远远地便看见了困龙山下驻扎的军队。

"什么人！"守卫的士兵拦住马头，见了马上的女子，微微一愣，"大小姐，不，皇后娘娘！"都是霍家军麾下的兵，当年霍青桑和霍庭东一起上阵杀敌的时候，甚少有人不记得这位巾帼不让须眉的大小姐的。

霍青桑反手将马鞭丢给那士兵，翻身下马："我哥呢？"

士兵挠了挠头，朝身后不远处的大帐指了指。

霍青桑长长叹了一口气，朝着大帐走去，却每走一步便觉得心沉下一分。哥哥糊涂，这种时候怎么如此莽撞地进京？无诏进京，那可是掉脑袋的大事。

一把撩开厚重的大帐帘子，一股浓郁的草药味扑面而来。霍青桑微微皱起眉头，对面木床上的人微微一僵，却又闪电般伸手拉过一旁的袍子披在肩上。可到底是动作慢了，让霍青桑瞧见他布满伤痕的背，一条

从右肩贯穿整个脊背的淡粉色刀疤上又添了新伤，殷红的血把刚披上的袍子染红，床边的地上还堆着刚刚拆下来的染血绷带。

霍庭东朝一旁的军医使了个眼色，待军医离开，才幽幽转身，目光近乎贪婪地看着对面的人儿。

"青桑。"低沉的嗓音仿佛含了浓烈的酒，一张口，便是醉人的情谊。

霍青桑眼眶蓦地发红，脚下如同灌了铅，喉咙里火辣辣的，却说不出话。

"别哭。"霍庭东站起来，温热的大手轻轻抹去她眼角溢出的泪，清俊的脸上染了一抹笑意，"多年不见，怎么还是这副样子，若是让军中的弟兄看见，岂不要笑话你？"

霍青桑狠狠地瞪着他，唯有在他面前，她永远是个爱哭鼻子的小丫头。

"哥。"好半晌儿，她才从喉咙里挤出这么一个字，伸手去扯他的衣袍。

"别动。"

"哥。"霍青桑恼怒地喊了一声，"怎么伤的？这么重的伤，你想瞒着我到什么时候？"血淋淋的伤口皮肉翻飞，虽然只扫了一眼，却知深可见骨。

心口微微抽疼，想起那年与西凉之战，她初入战场大意轻敌，若非他为她挡了那一刀，如今岂会有她？思及此，便觉得眼眶越发灼热，亦觉得面前的人变了那么多。

是啊，这么些年，大家都在变，唯有她还在原地，那么痴念地爱着那个人，即便是明知得不到丝毫回应。

霍庭东目光灼灼地看着她秀美的面容，不知道是不是上天眷顾，在经历了那么多事之后，她依旧如同一朵盛开在荒芜里的红梅，风不动，我不动，悄然绽放，默默含香。

心口忽然漫过一股情潮，如何也压抑不下去，只能纵容自己走过去，紧紧地将她抱在怀里，感觉她清浅的呼吸喷在自己的胸口，隔着薄薄的衣料烫伤他的肌肤。

"傻丫头，怎么私自出宫？明日整顿了军队，我自会进宫看你。"说着，他用带着厚茧的掌心轻轻摩擦她有些冰凉的脸颊，英气的剑眉微微皱起，不满地看着她，"怎么又瘦了？他南宫家还养不好你不成？"

听着他佯怒的抱怨，霍青桑扑哧一声乐了，从他怀里退出来，笑道："我想哥哥了不成吗？"话音落，方才忆起，一别经年，好似从她嫁给南宫曜后，他便未曾进京了。

霍庭东俊面微红："别净拣好听的说。说说，皇上到底什么意思？"

霍青桑面色一僵，好一会儿才道："你不是都知道了吗？苏皖这次怕是非进宫不可了。"

霍庭东伸手拍了拍她单薄的肩，不无霸道地冷声道："那又如何？咱们能送走她一次，自然能送走她第二次。"

霍青桑好笑地看着霸道的霍庭东："别又把你战场上打仗的那一套放到朝廷上来，你这次无诏私自进京，到底所为何事？"

说完，便见霍庭东的脸色一下子阴了下来，厚实的大手死死地掐住她的肩："青桑，那事，你到底还要瞒着我多久？"

霍青桑身子一僵，想到那个早夭的孩子，心里仿佛被热油淋过，疼得几乎无法呼吸。是啊，当初烨儿去了，她怕霍庭东一怒之下回汴京大闹，便刻意要人瞒下了这事，没想到，还是被他知道了。

霍庭东看着她的样子，把到嘴边的责骂生生咽了回去，伸手再次紧紧将她抱在怀里，心里却把南宫曜狠狠骂了无数遍。

他把自己手心里的宝交给南宫曜，南宫曜却是如何回报的呢？

当年那个肆意逍遥的姑娘，当年那个笑容明朗的青桑，如今被南宫曜折磨成什么样子了？那双曾经晶莹剔透的眸子，如今沉淀了太多的痛。这一刻，他突然无比痛恨自己，痛恨自己当初为何不将她带走，即便她会恨着他。

"烨儿的事，我总有一天会要他给你个交代的。"霍庭东冷哼，"一国之君，何以连自己的孩子都守不住？"他当年离开汴京去边关，特意错开了她的婚期，也错过了那个孩子的出生，可当他知道她有孕的时候，他亦是欢喜的，他以为她终究得到了幸福，却不想，不过是一场镜花水月。

他心疼，他懊恼，他愤怒，当他得知南宫曜执意要接回苏皖，当他得知那个孩子早夭的时候，他再也坐不住了，他没办法去给那个混蛋守江山，他想做的，只是好好守护她。

微凉的风从大帐门帘的缝隙中吹进来，桌案上的烛火忽明忽暗，一阵纷乱的脚步声突然而至，一群人在霍青桑愕然间闯入。

厚重的门帘被撩开，南宫曜寒着脸站在门口，阴冷的目光如同一条毒蛇，死死地盯着大帐里抱在一起的两个人，心里一股愤怒仿佛被挤压出来，带着一种毁天灭地的疯狂。

南宫曜无法解释这种突然蹿出来的情感，也不想去解释。他讳莫如深地看着霍庭东，紧抿的薄唇嚅动了两下，终究什么也没有说出口。

霍庭东轻轻推开霍青桑，安抚地看了她一眼，闪身挡在她身前，俯身拜倒。

南宫曜越过霍庭东看着霍青桑，想从她的眼里看出些什么。

更夫敲了三更的棒子，偌大的帐篷里却是一片静谧。

霍庭东跪得膝盖微微发麻，仰着头，微敛眉眼，直直地看着南宫曜，仿佛要在他身上看出一个洞。

"爱卿平身吧。"

终于，南宫曜微微抬了抬手，走到他身后，伸手拽住霍青桑的手腕："皇后惦念兄长本是情有可原，只是不顾禁足令私自出宫，有失妥当。"

钳制着她的手收紧，疼得霍青桑微微皱眉，却不敢再忤逆他的意思。侧目看了眼霍庭东，心中越发烦躁，这个时候，哥哥当真不该归京的。

"明日朝中请罪吧！"南宫曜淡淡道了一声，拽着霍青桑出了大帐。

一出大帐，一股沁凉的风迎面吹来，南宫曜不禁冷笑了一声，一把甩开霍青桑，迈开大步隐入昏暗的夜色中。

身后的大帐里还隐隐有灯光忽明忽暗，霍青桑却再也无法回头，只沉着心，一步步迈入黑暗之中。

南宫曜在栈道口等着她，身后是墨黑的麒麟马，黑暗中看不清他脸上的表情，却能感觉出源源不断的冷意从他身上散发出来。霍青桑突然有种讽刺的感觉，他这样是什么意思？摆出一副妒夫的样子给谁看呢？

她冷笑着走到自己的枣红马前，伸手一拉缰绳，飞身上马。待她催动枣红马，才发现南宫曜已经蹿到她面前，大手紧紧拉着她手里的缰绳，飞身落在她身后。薄凉的唇就贴着她的颈项，呼出的热气喷洒在她的颈窝，有那么一瞬间，她仿佛听见了自己狂烈的心跳声。

"怎么不走？"他微微张口，薄唇猛地含住她的耳垂。

霍青桑没想到他会如此，身子微微一僵，险些从马上坠了下去。

"抓住了。"南宫曜低吼一声，张口狠狠咬住她细白的脖颈，大手覆在她握着缰绳的手背上，双腿狠夹马镫，枣红马嘶鸣一声，离弦利箭般冲了出去。

霍青桑遂不及防地被他咬住，整个人向后靠去。

"南宫曜，你疯了，这不是回城的路！"她惊愕地发现马是循着栈道两旁的小路直接进了林子的，两旁繁茂枝丫刮破她的脸颊，等她回过神，马已经闯进密林深处。

南宫曜抿唇不语，直到催马来到一处隐秘的密林，方才翻身下马，一把扯住她的手腕将她拉进自己怀里，一转身，将她困在自己的双臂与树干之间。

冰冷的唇带着愤怒袭来，霍青桑连呵斥都来不及，便被他凶悍地堵住了唇。

南宫曜的吻来势汹汹，却莫名地夹带着愤怒。霍青桑诧异地看着他黑暗中仍旧深邃明亮的眸子，心里似升起了一丝希望，不管不顾地回应他。

良久，久到霍青桑以为时间就此停滞，南宫曜遽然将她推开，狼狈地转过身，冰冷的声音如同十二月的冰凌，一根根刺进她的身体，冻结了所有热情。

"霍青桑，你真让朕恶心。从前是，现在也是。"他幽幽地转身，冰凉的大手死死地扣住她纤细的脖颈，感觉她动脉强力的跳动，骨子里涌起一抹嗜血的冲动。脑海里翻滚着她和霍庭东衣衫不整抱在一起的画面，心里仿佛扎了一根刺，不疼，却足已让他心烦意乱。

"后宫妃嫔，无旨接见外臣，霍青桑，你有几个脑袋？"他冷笑出声，借以掩饰心底的烦乱。

霍青桑失神地看着他，刚刚有那么一瞬间，她以为他是在意她的，至少他不乐见她与别的男人亲近，可此时，她又那么清晰地明白，或许他只是觉得她挑战了他的权威，自从他登基掌权之后，对权力的控制已

经越发霸道了。他只是不想一个后宫妃嫔给他戴绿帽子而已，哪怕那个人是她无甚血缘关系的哥哥。

思及此，心底一阵阵抽疼，红肿的樱唇露出一抹冷笑，她突然倾身从后抱住他的腰，埋首在他宽厚的背脊："南宫曜，你怕了？"

南宫曜身子一僵："朕怕什么？"

霍青桑浅笑不语，松开手，闪身跃到一旁的枣红马上，居高临下地看着他："怕他带我走。你还要用我牵制我爹，牵制他，不是吗？我若走了，你还拿什么牵制他们呢？说到底，你也不过是个玩弄权术的小人罢了。你说你爱苏皖，当初，谁拿刀逼着你送她去西域了吗？南宫曜，我便是真小人，你亦是伪君子。"说罢，高高扬起手中的马鞭，枣红马循着来时路绝尘而去。

山里的风沁凉，南宫曜愣愣地站在原地看着那一人一马消失在林中，耳边回荡着霍青桑那句话，心里翻滚着一种说不出道不明的情绪。

第二章

风

云

突

变

1 钦点霍庭东出征

皇后私自出宫的事算得上是大事了，即便是有心瞒着，也必然会有些风吹草动，更何况皇上过了宵禁时才姗姗归来。

霍庭东的大军未能再往前行进，南宫曜的圣旨以极快的速度送到霍庭东手中，不日，霍庭东进宫请罪。

霍青桑说得没错，只要霍青桑还是皇后，还在宫中，霍云和霍庭东便永远不足为惧。霍庭东此次进京，也不外乎是在对他警示，霍青桑背后是有人撑腰的。

南宫曜波澜不惊地看着大殿下跪着的霍庭东，又看了看百官首位讳莫如深的镇国将军霍云，忽而抿唇一笑，朝霍庭东挥了挥手："爱卿平身。"

霍庭东起身立在一旁，大殿里鸦雀无声，不知有多少人想着看霍家的笑话，毕竟霍庭东无诏进京，皇后私自出宫见外臣，随便追究弹劾一件都够打脸的了。

这几年霍家出尽了风头，但凡有点眼力见儿的都看得出来，皇上看霍家不顺眼，皇后又失了皇子，在后宫不得宠，霍家被拔除怕也是早晚的事，而彼时，霍庭东贸然进京，岂不是落了个把柄给皇上抓着？

底下众人惴惴不安地等着皇上发难，上边的南宫曜抿唇看着底下的众人，忽而朝身后摆了摆手，侍候在一旁的内侍刘全上前两步，手里托着一纸书函。

"朕昨日收到马将军的快书，去接苏姑娘的军队在燕山被劫持，为首的是西凉废太子的残余部队。"

南宫曜话音刚落，底下又是一片哗然，为首的几个言官已经一脸愤愤地跪倒，纷纷进言，苏皖乃是不祥之祸水，岂可贸然接进宫中？

南宫曜恍若未闻，只目光阴鸷地看着霍庭东，沉声道："众爱卿，可有人愿意自请出征，配合马将军剿灭燕山西凉废太子的残余部队？"

大殿一片哗然，几个言官亦是怒目而视，御史大夫更是义愤填膺地站起来以死相逼，迈着颤巍巍的步子，瘦得麻秆一样的身子往大殿的龙纹擎柱撞去。

几个内侍呼啦一下冲过去抱住这位二朝老臣，一时间哭闹不止，俨然有血溅当场的架势。

南宫曜凝眉看着底下的闹剧，忽而冷哼一声："朕意已决，众卿莫要多言了。至于御史大夫，朕感念你三朝老臣，允你致仕，回通州老家颐养天年吧！"大手一挥，御史大夫这官是做到头了，下面本还跃跃欲试的众官见着情势，已知皇上势在必行的决心，纷纷扭头去看霍云。

谁不知道当年苏皖可是皇上的心头好，当年若不是霍家威逼皇上，皇上又怎忍心把苏皖送给西域王那个老匹夫？此时苏皖归来，必然会记恨霍家，想来霍云这只老狐狸怎么也不会允许苏皖回来吧！

就在众人以为霍云必然会出来阻止的时候，却听霍庭东突然出声：

"微臣请命出征，必不辱圣命，平安接回苏姑娘。"霍庭东低敛着眉，目光薄凉地看着南宫曜。

南宫曜满意地看着霍庭东："朕正有此意。爱卿便带着你的三万大军不日开往燕山吧！"

言毕，他笑着看了眼霍云："大将军也许久未见皇后了吧，今日朕在舒兰殿设家宴，你就和庭东用了晚膳再走吧！"

绵里藏针，无外乎如此。霍云暗自咬牙，既心疼自己的女儿，又无可奈何。

皇上暗地里的动作他又怎会不知？只是自己那痴儿一心爱他，终究会苦了自己罢了。一瞬间，他仿佛苍老了十几岁。

霍云跪拜谢恩，斜眼看了眼霍庭东，只愿以后庭东能护住青桑，保她不被牵连。

舒兰殿里。

素衣跌跌撞撞冲进来，霍青桑正在书案前临帖，见她进来，微微挑眉。这一早上一直心神不宁，总觉得霍庭东无诏进京这事有些蹊跷，如今看素衣惨白着脸的模样，心中越发不安定。

烨儿的死讯瞒了这么久，为何早不传过去，晚不传过去，偏偏在苏皖回来的当口传到边关？

思及此，心底越发冰寒。这几年，南宫曜行事越发诡异莫测了，莫不是他有意泄露消息，逼着霍庭东回京？

越想越发寒，手里的笔一顿，墨迹把刚刚临好的帖子模糊成一片。

霍青桑理了理心神，把写坏的帖子揉烂丢进纸筒，抬起头时，微敛的眉眼淡淡地看着素衣，问道："可是哥哥那里出了什么事？"

"前面刚传来消息，大公子亲自请命去燕山剿匪，营救被西凉废太子残余部队劫持的苏皖。"素衣偷眼看她，心里知道这几年皇后和皇上之间横着心结，这苏皖若真回来，皇后的日子怕是越发的不好过了。

霍青桑闻言微微颤了一下，果然，南宫曜是故意放消息引霍庭东回京，又利用自己牵制霍庭东去燕山剿匪救人。还是，他本就想借着这次机会让霍庭东折在燕山？

心口一下一下地抽疼，她突然有些后悔，后悔当年一意孤行以死相逼要父亲扶植南宫曜，因着她对他的私情，她把霍家推上了外戚当政的险境，现在南宫曜要除了霍家，她还有什么能力扭转乾坤？

"娘娘，娘娘？"素衣轻唤了两声，霍青桑恍惚地眨了眨眼，忽然觉得这大好的时光中自己却丝毫感觉不到温暖，身体里仿佛驻留了一片片寒冰，每呼吸一次，冰凌都刮着血脉，血淋淋，痛入心扉。

她长叹了一声："素衣，联系爹爹埋在宫里的暗线，我想见哥哥一面。"

素衣的脸色微白，霍青桑挑眉，一把抓住她的手腕，指甲几乎掐进她的肉里。

素衣咚的一声跪倒在地："娘娘，老爷埋在宫里的暗线，能用的怕是都被皇上盯住了。"这几年皇上越发提防霍家，宫里埋着的暗线被一次次循着由头拔除，能用的人，真的不多了。

霍青桑苦笑一声："是我糊涂了，前几日爹爹刚送来了苏皖进宫的

消息，皇上便知道了，又变着法地把烨儿的事送到边关，怕是宫中已无可用之人了。"她前脚出宫，他后脚跟上，她还能瞒着他什么呢？

爱情到了她这分儿上，还真的是卑贱到了极致。

"算了，还是我亲自去宣德门劫人吧！"已经撕破脸，她倒也没什么可顾忌的了，左右不过一场吵闹罢了，现在他还不至于杀了她。

"娘娘，容奴婢把话说完。"素衣一把拽住她的袖摆，"刚才御前的刘公公回了话，下了早朝，皇上留了老爷和大少爷在御书房，晚上在舒兰殿设家宴。"

霍青桑抬起的脚步一顿，却越发猜不透南宫曜的心思了。

2 舒兰殿家宴

霍庭东跟着霍云被内侍公公领进舒兰殿的时候，霍青桑已经装扮妥当，人正安安稳稳地坐在大殿里，手中捧着本《烈风西游录》看得津津有味。

听见脚步声，霍青桑抬起头，脸上带着少女时才有的娇憨笑容。

霍云紧走几步，直到近前才猛然发现，当初他最宠溺的小女儿已经不再是记忆里的模样了，眼角眉梢都带着一丝娇艳和无法忽视的哀伤。

"爹。"她轻唤了一声，起身迎过去。

霍云笑着摸了摸她的头，一瞬间仿佛苍老了几岁，好长时间之后才吐出一句："傻丫头长大了。"

霍云是刀里来剑里去的粗人，不喜宫中繁文缛节，看着霍青桑，满眼都是笑。

南宫曜进来的时候，霍青桑正笑眯眯地给霍云和霍庭东倒茶，升腾的茶气熏染了她的脸，使她本来有些英气的眉眼看起来多了几分似水温柔。

她抿着唇，唇角微微上扬，也不知低声说了什么，霍云和霍庭东笑得前仰后合。他不动声色地紧走了几步才听明白，她是在讲早几年跟霍庭东在边关战场的事儿。

"也不知道这丫头当时哪儿来的主意，竟然真的派人在汉王逃跑的必经之路设下了埋伏，若是普通的路障也就罢了，竟然还借了火势，爹你当时不知道，火连车一排排冲下山去，汉王的三万残余大部分被冲散了。"霍庭东一边补充一边抿唇饮了口茶，眯眼看着霍青桑笑。

霍青桑被看得有些不好意思，拿了块桂花糕送进嘴里："哥，你这是笑我吧，当时我初出茅庐不知死活，为了抓住那汉王差点丢了性命，若不是哥你替我挡了那一刀，今天怕是没有我了。"

几个人闲话家常，分外和谐，可就是这份和谐让南宫曜心里极其不是滋味，他想去打破，也那么做了。

"皇后当年果真是巾帼不让须眉。"他酸溜溜地说了一句，极其自然地走过去揽住霍青桑的肩膀站在她和霍庭东中间，一伸手，端起霍青桑面前的茶杯浅酌了一口，剑眉瞬时皱起。

霍青桑扑哧一声乐了："这是红茶，皇上喝不惯的。"说完，果然见南宫曜面色有些阴沉，招呼素衣给他换了杯君山银针。

看着茶叶在茶盏中轻旋，南宫曜的心里跟有只猫在抓挠一样。

生在江南的南宫曜自是喝不惯口味浓烈的红茶的，偏生霍青桑跟着

霍云这么些年早习惯了喝提神的红茶。以前南宫曜来，她便要素衣沏君山银针或是碧螺春，甚少拿红茶出来，所以南宫曜倒是不知道她喜欢这个口味。

思及此，他又不免阴鸷地瞟了霍青桑一眼，声音却分外柔和："要人上菜吧！今日是家宴，两位爱卿就不必拘束了，特别是庭东，明日就要赶往燕山剿匪，今日就算朕替你饯行了。"说着，笑弯了眉眼地看着霍庭东。

待八十一道菜上齐，南宫曜遣退了伺候的内侍，兀自拿起筷子夹了一块牛腩递到霍青桑面前的小碟里，看她的眼神都带着一股子似水柔情，仿佛幽深的潭水，不消片刻便能将她溺毙。

"吃吧，朕特意要御膳房给你炖的牛肉盅。"说着，弯身凑到她身前，略带凉意的手轻轻拂过她额角的碎发，漫不经心地道了一句："庭东今年也二十有四了吧。"

霍庭东拿筷子的手一抖："回皇上，正是。"

"合着该娶一门亲事了。"说着，又夹起一只虾子送到霍青桑嘴边，见她无意接下，笑了笑，又把虾子送进自己口中，"忠义侯府的嫡长女倒是不错的，这次剿匪回来，便订亲吧。"说完，也不看霍庭东一下子苍白的脸色，颇为得意地扭头看霍青桑，见她唇角有些油渍，拿出明黄的帕子轻轻为她沾掉。

他动作轻柔自然，丝毫不见扭捏，仿佛坐在他身边的就是他心心念念的爱人，可只有霍青桑知道，他不过是在演戏，演给霍云和霍庭东看。嘴里的饭突然变得如同嚼蜡，眼前的人，仿佛一幅泼墨山水画般让她看不透，却已身在其中，无法抽离。

这世间的情爱，从来都是你追我赶，穷途陌路，抑或是水到渠成，锦上添花，而她从来不是后者，如今想来，她是不是已经穷途末路了？

感觉放在膝盖上的手被狠狠握了一下，她仿佛被蜇了一下，猛地抽回手，侧目看霍庭东。

霍庭东清俊的脸上染了一抹坚毅，他微敛着眉，道了声："臣现在还无心娶妻。"

话音未落，便见南宫曜的脸色瞬间阴沉了下来，手里的筷子"啪"的一声放在桌上，扬眉道："不孝有三，无后为大。"

大殿里一下子静了下来，静得仿佛只听得见几个人错乱的心跳声。

突然，南宫曜剑眉一挑，大笑两声："莫不是庭东有了心上人？"说这话的时候，他的手隐在桌子下面，掌心按在霍青桑的大腿上，五指用力向下抓了一下，疼得霍青桑微微皱眉。

霍庭东不经意地扫了霍青桑一眼，却没逃开南宫曜的眼。

南宫曜心中冷笑，胸口却莫名泛开一抹酸意，逼得他忍不住挑起眉头，目光灼灼地看着霍庭东。

"庭东的婚事，还凭皇上做主。"一直沉默的霍云突然出声打破两人间的僵局。

南宫曜抿唇一笑："朕自然会为庭东寻一个品貌相当的贵女。"

说完，扭头看着霍青桑，别有深意地道："今日就到这里吧！今儿是烨儿的忌日，皇后不会忘了吧！待会儿陪朕去翠银湖走走吧！"

霍青桑的脸瞬间一黑，心仿佛被什么人狠狠地抓了一下。

他是故意的，是故意用那刀子往她心里狠狠捅啊！

烨儿的忌日她岂会不记得？分明已经过了半月，他却旧事重提，是给谁听的？

霍庭东的反应更在南宫曜的意料之中，霍庭东那点心思他岂会看不出来？他喜欢霍青桑，可那又如何？即便自己不喜欢，霍青桑总归是自己的女人，霍庭东没资格惦记。

心里突然涌上一股快意，他意味不明地看着在场几个人迥异的表情，只觉得一种复仇的快感让他恨不能大笑几声。

舒兰殿外的宫灯延绵数十米，九曲回廊的尽头，霍青桑已经看不见霍云和霍庭东的背影。南宫曜站在她身后，细长的影子投射在她身上，仿佛两人就此融合纠缠。

霍青桑不想说话，任夜风撩起轻薄的衣袂。

"你就没什么要说的？"南宫曜突然伸手扳过她的肩，居高临下地看着她，微凉的拇指轻轻拂过她的唇。

霍青桑狠狠地张嘴咬住。

"嗯！"南宫曜闷哼一声，忽而一笑，弯身一把将她打横抱起，抬脚踢开舒兰殿的大门。

霍庭东的大军拔寨离京的时候，天刚蒙蒙亮，南宫曜醒来的时候，身旁的被褥已经一片沁凉。

霍青桑私自出宫，五更过后便独自一人站在城门上发呆。

隔着几十里的距离，她依稀能看得见困龙山下星星点点的篝火，心里莫名地生出一丝向往，那种急切的渴望来得太过突然，让她有些手足无措。

身后是静谧的皇宫，身前是辽阔的九州，有那么一瞬间，她甚至想就此离开，可到底还是舍不得那个人。

而彼时，舒兰殿的大小宫女、侍卫仿佛经历了一场劫难，皇上勃然大怒，但凡舒兰殿当晚当值的奴才，一律杖责二十，以儆效尤，殿外更是由人重兵把守，御林军的统领亲自坐镇。

点卯时上朝，内侍回报，霍庭东的大军已经起寨开往燕山。

南宫曜听了抿唇一笑，殿下的御史大夫突然出列，紧随的几个尚书省内官、刑部尚书纷纷上书弹劾霍云勾结西凉废太子余党，意图半路劫杀苏姑娘，目的嘛，自然是为了巩固霍家的地位。当年霍青桑逼迫皇上把苏皖送去西域的事满朝皆知，如果苏皖回来，怎会不报复？

南宫曜以迅雷不及掩耳的速度着令内卫扣押霍云，刑部差人搜查镇国将军府，不到一个时辰，刑部上书在镇国将军府缴获了藏银一百二十万两，另有数封霍云与西凉废太子往来书信。

直到此时，霍云恍然大悟，昨夜的家宴竟是一场鸿门宴。

御书房里，暗卫首领追云侧身立在书案两侧，低敛着眉不敢看南宫曜的脸。

从霍云入狱到现在已经一个时辰了，南宫曜一言未语，手里的手捻玉葫芦互相碰撞发出一下下的声响。

这场变动发生得太快，整个朝野都还在震惊当中，镇国将军已经入狱，任何人不得探视。

几个弹劾的大臣此时都闭门家中，府外皆有重兵把守。

"追云啊！"南宫曜突然抬起头，薄光中的脸如同玉般剔透，追云却无端打了一个寒战。

"怕吗？"南宫曜笑道，显然不是要听他的回答，兀自拿起刚刚临摹好的字幅，"你说，现在霍庭东到了什么地方？"

追云一愣，立马回道："大概出京一百里，半个月后能到达燕山脚下。"

"消息绝不能传到霍庭东耳朵里。"

追云心中苦笑，京城已经全部戒严，但凡参与此次弹劾和抄家的官员府中全部重兵把守，消息根本不可能传出去的。

南宫曜满意地笑了，扬眉看着字幅："现在什么时辰了？"

"回皇上，已是巳时。"

"是吗？已是巳时了啊。去叫刘全进来吧。你悄然去舒兰殿守着吧！切记，不要露了行迹。"

追云领命离开。

刘全进来时，南宫曜已经把临摹好的字幅揉烂丢进纸筒："去淑妃那儿传旨，朕晚上去她那里。还有，说朕虚火上升，要她的小厨房炖一盅川贝雪梨来吧。"

3 淑妃小产

这深深的宫闱里，但凡有那么一丁点儿风吹草动都能让人心惊胆战，舒兰殿被重兵围堵，奴才集体被罚，皇后娘娘不知所踪，后宫的一干嫔妃早就翘首以盼，等着看霍青桑的笑话。

淑妃命人炖好了川贝雪梨，等不到晚上便坐着轿辇往乾清宫的御书房而去，经过御花园的时候，果真见消失了一早晨的霍青桑沉着脸，疾步往乾清宫走。

"姐姐。"淑妃撩开轿帘，莺声燕语地唤了一声。

霍青桑仿佛没听见般继续往前走，进了回廊，脚步越发急促了。

轿辇里的淑妃脸色阴沉如水，右手轻轻地覆在还未见隆起的小腹上。当今圣上少子嗣，除了当年早夭的大皇子，膝下只有一个不太受宠的公主，如今肚子里的这个，若真是皇子，自己问鼎后位倒也不是痴人说梦了。

思及此，她看着霍青桑消失的方向发出一阵冷笑。

早些时候，霍青桑一进宣德门，霍家安插在尚宫局的一个小太监就把人拦住了，言简意赅地把舒兰殿的情况说了一遍，末了，断断续续把今早皇上查办镇国将军府的事说了个七七八八。

霍青桑一直提着的心终于落了下来，却又仿佛压了一块巨石。

事情走到这一步，其他的事倒是显得合情合理了。

苏皖这步棋，南宫曜走得高明，一方面激怒自己和霍云，另一方面又放烨儿的消息去边关把霍庭东引进汴京。苏皖燕山被劫，便顺理成章让霍庭东去燕山剿匪。西凉废太子残余势力盘踞燕山以北一个省，军事实力不弱，霍庭东此去必然是要损兵折将的，稍有不慎便有可能折在燕山。

霍庭东在燕山尚且不能自保，而镇国将军府被抄，消息肯定放不出

去，等霍庭东到了燕山，一切早已尘埃落定。思及此，霍青桑恨得咬牙切齿，脚下的步子更是迈得急促。

御书房外的刘全远远就看见了霍青桑，心里暗道，皇后娘娘这是来给大将军求情的了，只可惜皇上未必念及旧情啊！

霍青桑敢肯定，南宫曜此时必然在御书房里，可是她亦知道，自己未必见得到他。

"哎哟，我说皇后娘娘，您可是出现了，这宫里怕是要变天了。"刘全装模作样地苦着脸迎上来。

"本宫要见皇上。"霍青桑狠狠瞪了他一眼，一把推开他往御书房冲。

"娘娘留步。"刘全跟过去，一伸手拦住霍青桑。

这时，隐在暗处的内卫呼啦一下聚拢过来，将御书房的大门堵得水泄不通。

霍青桑冷哼一声："你们这是要干什么？"

"皇上说了，谁也不见。还是请娘娘先回舒兰殿吧，若是为了霍大人的事，还是莫要开口了。"刘全劝慰道。

霍青桑可不吃这一套，一把推开刘全，怒目瞪着面前的十几名内卫："让开。"

内卫首领抿唇不语，不动如山地站在御书房门前。

"好，不让是吧，本宫砍了你的狗头。"说着，她闪电般伸手抽出他腰间的冰雪白刃佩刀，刀锋在半空一闪，直直朝他头顶劈了过去。

他纹丝未动，刀锋劈到眉心，到底没有落下。

霍青桑颓然跌坐在地，刀落在青石板台阶上发出清脆的声响。

内卫首领面无表情地捡起刀插回腰间："娘娘请回吧！"

"我要见他。"

"皇上不会见娘娘的。"他挺直身体，如塔一样立在御书房门前。

刘全连忙冲过来把霍青桑从地上扶起来。刚刚那一幕吓得他差点没尿了裤子，舒兰殿这位说闹就闹的主儿可不好惹，刚刚那一刀，要真是砍下去，怕是大罗神仙也救不回来。

想到这里，他忍不住偷偷抹了一把额头的冷汗。

"我说娘娘啊，您还是先回去吧，要么等皇上气儿消了您再来？这正当午时的，太阳毒辣，恐伤了凤体。"刘全苦口婆心地劝说，回头给内卫首领使了个眼色，示意他劝诫两句。

"消气？"霍青桑一阵冷笑，"他不会消气的，不杀了我霍家满族如何消气？"

说罢，一脚踹开刘全，颇有些歇斯底里地朝御书房大喊："南宫曜，你个奸诈的伪君子，我霍家如何对不起你了？你要如此嫉恨霍家，还千方百计设计我哥回京，又设下鸿门宴栽赃我爹！南宫曜，你何不出来与我对质一番？"

御书房的大门依旧紧闭着，刘全已乖乖退到一旁，皇上可是说了，若是皇后来闹，拦不住就不拦，随她。

若说皇上记恨霍家，这是满朝文武皆知的事，可是对于这么位马上出身的皇后，皇上的态度却有些微妙，让人猜测不透他的心思。

这时，一阵凌乱的脚步声从回廊间传来，淑妃娘娘的步辇停在廊

外，人被宫人簇拥着走过来，手里还端着一只托盘，上面是一盏幼雪白瓷的盅，微微热气从气孔散出，把她那张娇艳的脸衬得越发粉面桃花。

"臣妾参见皇后娘娘。"淑妃微微倾身，幅度微小，一旁的宫女赶忙过去扶着她的臂弯，目光灼灼地看着她的腹部。

烨儿早夭后，霍青桑虽然甚少再出舒兰殿打理后宫事宜，但也多多少少知道这一年来后宫争宠手段频繁，其中又以这位淑妃娘娘最有手段，短短一年时间内从美人一路升到淑妃，可谓是荣宠不衰，如今腹中又有了子嗣，行事难免越发乖张。

霍青桑挑眉上下打量她，想起素衣曾说过，淑妃本是刑部尚书的嫡女，如今看来，爹爹的事，刑部怕是出了不少力，思及此，心中便越发的恨，目光冷冷地看着淑妃的腹部，漫不经心地道了一句："听说淑妃娘娘有两月身孕了，这些奴才也真是的，送个炖品也敢劳驾你，不如拖出去杖毙算了。"说着，恶狠狠地看着淑妃身旁的宫女。

那宫女脸色瞬间惨白一片，连忙跪在地上磕头。

"得了，皇后娘娘说笑呢，你还当真了，起来吧！"淑妃笑眯眯地道，目光落在霍青桑略显惨白的脸上，漫不经心地说了一句，"我听家父说，霍大将军的事皇上着实恼怒呢，不过姐姐也不要担心，皇上是个念旧情的人，断然不会为难霍将军的。"

霍青桑只觉得一股子火气顶在喉咙口，看着淑妃矫揉造作的样子，心里恨不能撕了她的嘴脸。

好一个刑部尚书，教出来的女儿也是好手段，这后宫里的阴险手段她不屑为之，可淑妃肚子里的孩子是怎么来的，她可是知道得一清二楚，只可惜那个人还一心期待，却不知，那不过是个短命鬼而已。

一个靠着催卵药生出来的孩子，一个靠着吃紫河车才能补齐营养的孩子，生下来若非妖孽，便是痴儿，这样的怪物生出来，这大燕朝倒是成了天下的笑柄了。

她冷笑着望着淑妃的肚子，锐利的目光像一把刀狠狠地扎在淑妃的心里。淑妃心虚地退了两步，幸而身后的宫女扶住她的腰。

霍青桑一步步逼近，英气的眉眼此时带了丝杀气，突然一个俯身，凑在她耳边轻轻道了一句："不知道这紫河车吃起来是何等滋味？"

淑妃心里猛地一惊，难以置信地看着霍青桑。

霍青桑笑而不语，转身欲走，淑妃却在她转身的一瞬间抓住她的袖摆，手里的幼雪白瓷盅微微倾斜，滚烫的川贝雪梨一股脑全洒在霍青桑背上。

霍青桑感觉到后背火辣辣地灼烫，抬手下意识地想甩开淑妃的手。

事情发生得很快，几乎是眨眼的工夫，淑妃已经尖叫着从后面的台阶跌了下去。

"啊！"

女人尖锐的叫声绵延不绝于耳，霍青桑还未来得及看清到底发生了什么事，淑妃身后的宫女已经冲过来一把推开她，地上的淑妃脸色青白一片，殷红的血从她桃粉色的宫服下摆溢出来，浓郁的血腥味扑面而来。

"啊，快请太医，娘娘小产了！"宫女歇斯底里地大喊，一旁的刘全早吓得六神无主。

霍青桑静静地看着闹成一锅粥的一群人，背后还在火辣辣的疼，心却如同浸在一桶冰水里一样，连血液都是冷的。

她没想到淑妃的反应会那么快，在自己戳破她诡计的瞬间就想出应对的法子，甚至不惜牺牲这个孩子，不，或许不是牺牲，这个孩子本来就不该来到世上的，能一举把她这个皇后斗倒，岂不是造化？

她缓慢地抬起头，目光却是对着御书房的门。沉稳的脚步声从门内传来，随着门板与地面摩擦发出的声音，紧闭的大门被从里面拉开，南宫曜面沉似水地站在门后，目光越过她看着地上的淑妃。

"来人，宣太医，淑妃若是有什么闪失，都提头来见。"说着，他大步从霍青桑身边越过，俯身弯腰将淑妃紧紧抱在怀里，急匆匆地往淑妃的焦芳殿走去。

偌大的御书房外一下子静谧下来，眼前的青石板台阶上还有大片大片的血迹。霍青桑只觉得心底一阵阵发寒，却又忍不住苦笑，笑着笑着，眼泪便流了出来，啪嗒啪嗒掉在地上，如同碎裂的心。

第三章 燕山遇险

1 愤然离宫

焦芳殿里灯火通明，太医院的医女进进出出，脸色莫不是青白交加。

南宫曜阴沉着脸坐在外间，目光时不时地看着内殿忙碌的医女，间或有女人歇斯底里的嘶喊响起。

血水一盆一盆从里面端出来，他的心仿佛沉浸在冰里。

恍惚中好像回到烨儿早夭的那一天，他也是这样无力地坐在殿外，霍青桑紧紧抱着烨儿冰冷苍白的尸体，整整三天三夜不吃不喝。

那时他是什么感觉呢？绝望，冷漠，还是无奈？

"皇上。"刘全白着脸走进来，欲言又止地看着南宫曜。

"嗯？"南宫曜轻轻应了一声，心不在焉地看着内室。

刘全犹豫了一下，最后还是咬牙说道："皇后娘娘在殿外候了两个时辰了。"

南宫曜猛地从软榻上站起来，一把抓过小几上的茶杯狠狠掷了出去："她还有脸来见朕？"

"奴才该死。"刘全吓得脸色苍白，冷汗顺着脸颊滚落，啪嗒啪嗒掉在地毯上。

南宫曜狠狠瞪了他一眼，抬脚揣在他心口，刘全哽咽一声摔出老远。

"奴才该死，奴才该死！"

南宫曜居高临下地看着他，冷哼一声："滚出去！"

刘全提着绊脚的长袍跌跌撞撞跑出了焦芳殿。

南宫曜拉住一名进出的医女，确认淑妃已经累极睡下，才转身出了焦芳殿，此时才知道已经到了掌灯时分。

昏黄的灯光下，霍青桑只穿了一件素白的夏袍站在那里，偶尔夏风吹过，撩起素白的衣袂，更显得她身形消瘦，清秀的脸上带着一抹怒气。

他静静地望着她，隔着几级台阶，却又仿佛隔着万水千山。

纠缠了那么多年的爱恨情仇终于要在今天落幕了。

早在霍霆东归京的那一天，他就知道，他和她已经走到穷途末路。

霍青桑也抬头看着他，第一次被迫承认，这些年她从来没有看清楚过他，她自以为是地沉浸在自己编织的一场爱恨里，却从来不知道，他从来都是置身事外的，她给的那些爱他从来不要。

一股血气直逼胸口，她苦笑出声，强迫自己压抑心中的愤怒，直直地看着他，第一次那么谦卑地喊了一声："皇上。"

南宫曜心里一紧，好像一记闷锤狠狠地砸在胸口。他诧异地看着她缓缓屈膝，直挺挺地跪在台阶之下。

这么些年，她高高昂起的头终究低下了，那么谦卑地唤着他，施了君臣之礼，却让他心里无端地难受。

她不去看他的表情，是怕自己控制不住奔涌的情绪。这么些年，她的眼中，他只是自己的爱人，无关权势，可是直到这一刻她不得不承认，他是君，她是臣，她焐不热他的心，他眼里亦容不下霍家。

她甚至想起烨儿，如果他没有那么早死去，亦是得不到父皇的喜爱的，只因他是霍青桑的孩子。而在皇家，不得圣宠的孩子又如何能安稳地活到成人？

这一刻，她恍然觉得，自己仿佛做了一场梦，如今梦醒了，她还是她，他却已经不是当初那个清俊儒雅的少年了。是她把他一步步逼到那个高位上，一步步把霍家推向他手中的屠刀之下。

"皇上，霍青桑错了。"她哑着声音道。

南宫曜心口一阵发紧，忍不住冷笑，居高临下地看着霍青桑："霍青桑，这是你第一次这么卑躬屈膝，看了真是让朕觉得可笑，你也会错吗？你也会怕吗？"报复的快感冲上心头，他笑着笑着，又觉得心口仿佛被狠狠扎了一针，连忙转过身按住胸口。

"求皇上放了我爹吧！"额头重重磕在冰冷的青石板上，凸起的石粒磕破额头雪白的皮肤，有血渗出，她却恍若未觉，一下一下，闷闷的声音传进南宫曜的耳里，仿佛一把钝刀一下一下地割着他的心。

他猛地转身，一把揪起霍青桑的领子将她从地上提起来，目光狠辣地瞪着她染血的脸："霍青桑，你的傲气呢？你的骄傲呢？怎么现在像一条丧家之犬一样？我凭什么放了他？当年你们威逼我送走苏皖的时候何曾想过我的感受？"他连"朕"都不用了，只觉得一股气焰挤压得他胸口发疼，恨不能把她吞食入腹。

霍青桑始终低眉顺眼，她静静地看着他猩红的眸子，忽而抿唇一笑，恍如开了一瞬的昙花，美得惊人，却转瞬即逝，她说："皇上，你放了我爹，从此，这大燕再无霍家，再无霍青桑，你厌恶的，统统都会离去，没人再碍你的眼，苏皖会平安回来，是封妃还是立后，随你。"

南宫曜身子一僵，难以置信地看着她："你什么意思？"

霍青桑苦苦一笑："只要皇上放了我爹，我会劝诫霍庭东交出兵权，从此霍家再不入京。若皇上念及当年我霍家忠心辅佐皇上，留下臣妾一命，我自悄然无声离开后宫，此生不见；若是不能，赐我一杯鸩毒亦可。"她的声音很低，没有任何波澜起伏，仿佛只是在陈述一个事实。

南宫曜突然心慌了一下，抓着她衣领的手不自觉地紧了紧，好长时间才冷冷地丢下一句："你又怎知霍霆东能安然地回来？"

霍青桑心一寒，隐隐不安地看着他，难道他……她不敢想，若是霍庭东不能平安回来，她还有什么筹码？原来，原来他从没想过给霍家一条生路？

南宫曜满意地看着她惊慌失措的表情，突然松开手，不咸不淡地丢下一句："若是霍霆东真的侥幸带着苏皖平安回来，朕或许会放你爹一马。"说完，转身出了焦芳殿。

身后的大殿依旧喧闹不休，她却仿佛听不见、看不见那喧嚣，只觉得身体一片冰凉，一股子寒气顺着脊椎骨一路蹿到头顶，不自觉地打了一个寒战。

已经进了七月，大燕的夏天格外闷热，本来供应舒兰殿的冰早被内务府那帮子阉人给停了，夜里，素衣被热醒了。

披着外袍，素衣蹑手蹑脚地到桌边倒了杯凉茶，借着从窗外透进的淡淡月光，目光不经意地扫过西面的墙壁。

"啪！"

手里的杯盏落地，素衣愕然地看着空荡荡的墙壁，上面的三个子午钉还在，却少了那套金丝甲胄和先皇御赐的金鞭。

素衣心里一寒，仓皇地冲进内殿，果然，空荡荡的床榻上被褥折叠整齐，丝毫没有人睡过的痕迹。

乾清宫御书房内，书案上的烛光有些晦暗，南宫曜用剪刀挑了下灯芯，烛光便亮堂了些许。刘全惴惴不安地站在殿下，冷汗顺着额头啪嗒啪嗒往下掉。

那厢淑妃娘娘刚小产，皇上这还没问罪，皇后倒是胆子大，竟然私自出宫了。

"人呢？"南宫曜放下手里的剪刀。

"舒兰殿的素衣正在殿外跪着呢。宣德门的当值首领也在，说是皇后拿着先皇的御赐金鞭，他们不敢拦着。"刘全战战兢兢，心说，还算那丫头知道害怕，发现皇后娘娘出宫后便悄悄来了乾清宫，若是真闹开了，霍家算是彻底没有翻身之地了，当然，这也要看皇上的意思。

南宫曜揉了揉眉心，轻轻叹了口气："明日就放出风声，皇后染了宿疾又发天花，舒兰殿暂时隔离，谁也不许进去，着太医院院士卢芳去舒兰殿为皇后医治，直到病情痊愈为止。"

刘全诧异地看了一眼南宫曜，心中了然，看来皇上对皇后还是顾念些情谊的。

刘全领命下去，南宫曜朝身后的屏风轻咳了一声，一直隐在屏风后的暗卫追云走出来，微白的脸色在烛光下越发显得有一种病态。

"通知那边的人，看着皇后，切不可有所闪失。"他轻轻地开口，眉眼间俱是疲惫之色。事情走到如今这一步，可以说既在他意料之中，又在他意料之外。

他算到霍庭东回京，却算不到淑妃的孩子会流掉，更算不到霍青桑会为了霍庭东去燕山。

闷热的风从洞开的窗户吹进来，他想挥散心头的那一股躁郁，却越发心绪烦乱。他本意是要霍庭东与西凉废太子残余杀个两败俱伤，然后借机杀了霍庭东夺回兵权，可如今霍青桑去了燕山，他还能依计划行事吗？

握紧的拳头狠狠地砸在书案上："今天宣德门当值的全部给朕杀了。连个人都看不住，要他们何用？"

追云心一寒，一向面无表情的脸上闪过一丝诧异："属下知道。"

此时，汴京城外通往燕山的栈道上，一匹枣红马风驰电掣般往燕山的方向赶。马背上，年纪不大的女子穿着一身火红色的短打扮，腰间挎着一条明晃晃的金鞭，身上背着一只靛蓝色的包裹。

也不知跑了多久，西方渐渐露出鱼肚白，女子依旧不知疲惫地驱马疾驰，马鞍上挂的布袋里露出一抹金红，仔细一瞧，却是一块做工精

细的护心镜。

　　一路上为了避开州府郡县，霍青桑绕了不少山路，终于在第十八天的上午到达燕山脚下三十里处的一座小镇。

　　燕山隶属通州管辖，位于大燕和西凉边境，左临西域摩国，接苏皖的队伍需要经过燕山才能顺利进入境内州县。

　　年前，西凉王病危，国内形势混乱，皇位之争几乎到了白热化的境地，前太子于夺嫡之争中落马，后带着残余部队攻下燕山，占着通州准备东山再起。迎接苏皖的队伍在经过燕山时被废太子慕容无风的手下抓住。

　　霍庭东的军队早霍青桑三天到达通州，第二天，霍庭东要人叫阵，并三天内二攻燕山。燕山虽是三不管的地界，但胜在山势险峻，易守难攻。霍庭东在边关多是与敌军展开大规模的正规战役，干这种围困剿匪之战并无优势，相反，两次强攻过后，损兵折将。

　　枣红马已经筋疲力尽，霍青桑寻了路边一家小店，把马交给小二牵去后院喂些食料，转回身，便见一匹通体雪白的马从身边疾驰而过，马上端坐一人，素白的长袍包裹着他略显清瘦的身躯，墨黑的长发微微扬起，露出一张冠玉一样白皙的俊脸。

　　那人侧目看了霍青桑一眼，打马而过。

　　霍青桑心里微微叹了口气儿，抿唇一笑，那人穿衣打扮瞧着不熟，腰间佩剑镶了七颗宝石，剑鞘外的饕餮纹雕工精细，不似凡物，且刚刚那回眸一瞬，眉宇间虽芳华内敛，却也看出几分霸气，那是久经沙场之人身上才有的气质。

通州地界偏僻，并不似汴京繁荣，这样丰神俊朗的人物，倒是不像当地人。难道是西凉废太子旗下的将士？

思及此，便无心用饭，草草吃了几个包子，直奔通州当地府衙打探情况。

通州府虽然领大燕俸禄，却并不在大燕的正式编制之中，她此时身份敏感，不敢冒进，便在府衙外的几处店家那里略微打听一下，才知霍霆东攻打燕山极为吃力，几天时间就损兵折将三千余人。

霍青桑牵着枣红马从通州府西侧的小巷子经过，心中惦念着晚上要去燕山脚下的大营见霍霆东，顺便把爹爹入狱的事说说，两人寻个法子保霍家平安。

太阳西沉，昏黄的阳光在身后投下一道细长的影子，倒是有些古道西风瘦马的荒凉感。街道上的行人渐少，出了小巷子，经过一家药房的时候，见一十三四岁的少年被掌柜从里面搡了出来，掌柜一边推搡着一边骂道："没银子寻什么医？你家少爷得的是癔症，要死人的，治不了，治不了。"

少年脸色惨白得跟纸片儿似的，坐在药房门口号啕大哭，死活不起来。

药房的掌柜也不管他，径自进了药房，大门"啪"的一声合上了。

那少年狼狈地从地上站起来，拍了拍屁股往回走，一边走还一边咒骂着什么，听着，倒不像是大燕语。

霍青桑瞧着那少年快要走到街口了，不知哪里冲出来一只野狗，对着少年的屁股狠狠咬了下去。

事情发生得很快，野狗咬住少年，仿佛要生生把他撕了一般。

"救命，救命啊！"少年早吓得六神无主，俊脸扭曲，疯了似的跟狗滚在一块。

地上都是血，霍青桑暗骂了一声，快速地卸下马鞍上的望月弓，弯弓搭箭，动作娴熟，一气呵成。

少年只觉得耳边一阵疾风扫过，再低头，见被自己压在身下的大黑狗后背插着一支羽箭，浑身上下血淋淋的。

少年终于得救，回身再去找那出手相救之人，霍青桑已经消失无踪。

2 吴越

少年拖着伤腿回到客栈，推开门，便见白家公子吴越正躺在软榻上浅眠，毫无不适之举。

"回来啦？打探到什么消息了吗？"吴越猛地睁开眼，紧抿的薄唇勾出一抹浅笑，在昏黄的灯光下显得格外优雅清俊，"怎的如此狼狈？"

少年苦着脸，把去药房打探消息时发生的事讲述一遍，说到被野狗袭击，不免还是一阵胆寒，便讪讪道："幸好有那姑娘出手相救，不然还不得被咬死。"通州地界乱，连野狗都凶残无比。

"扑哧！"吴越没忍住，笑了，"听你这意思，这姑娘还是个奇人？"

"可不是嘛！长得英气秀美，身手也了得。"少年侃侃而谈，似对霍青桑念念不忘。

吴越挑了挑眉："听你的意思，是外地人？"

少年点了点头："嗯，身上带着包裹呢，还牵着马。哦，对了，我还留着那支箭呢。"说着，把腰间的箭拿给他看。

吴越接过箭矢，箭羽丰满，箭尖锋利，是上等的玄铁锻造，且重量十足，一般男子若想拉满这箭的配弓都难，何况一个女子？

"你可还记得她的容貌？"

少年摇摇头："天黑，记不大清楚，倒是记得她马鞍上的包裹里隐隐透出一片金色。"

金色？难道是她？他想起进城时惊鸿一瞥的女子。

吴越心中暗暗思索，修长白皙的手指拂过箭头："嘶！"

"公子！"

"没事，被划了一下。"低头瞧了眼箭头尾部的倒刺，下面竟刻了一个小小的霍字。

霍？

吴越一笑，把箭轻轻放在桌上："我知道是谁了。"

"谁？"

"霍青桑，大燕国的皇后。"

汴京。舒兰殿。

刘全小心翼翼地推开舒兰殿的大门，空荡荡的大厅里，南宫曜已经站了多时，肩头的墨发被偶尔的过堂风撩起，遮了半边俊容。

他穿着单薄的夏袍，身姿挺拔，只是往那里一站，帝王之气已经外泄，让人情不自禁退却几步。

刘全还记得他初初登基的时候，还是个略显青涩的少年，即便之前韬光养晦，却因不得帝王宠爱而埋没在众皇子之中。

当年三王夺嫡，汴京城可说是风声▬唳，草木皆兵，却谁能想到，最后是皇上最不喜爱的六皇子坐在了这个位子上呢？

这些年，他看着他一步步成为一代圣主明君，也眼睁睁看着他对霍家恨之入骨，当年苏皖被送走，他心里的恨从来没有消除过，如今皇后娘娘走了，霍将军下狱，霍家，怕是真的要败了。

"刘全？"南宫曜没有回头，目光微敛地看着西墙面，脑中却想着几年前霍青桑的样子，那时候她才多大？十四？还是十三？娇小的身子穿着金红色的金丝甲，眉宇间都是狰狞的杀气，她站在大殿上骄傲地对他的父皇说："臣女斩了西凉莫狸将军首级。"那骄傲的样子，那飞扬的眉，她不知他有多羡慕。

"皇上。"刘全顺着他的目光看去，"奴才记得，这里是挂了皇后娘娘当年的战袍的。"说完，自觉失言，"奴才该死。"

南宫曜慢慢地转身，居高临下地看着他："刘全，你说朕是不是恩将仇报？"

刘全神色一变："奴才该死，皇上乃是九五至尊，千秋明君。"

"哼。"南宫曜冷哼一声，抬脚踹翻了一旁的妆台，积了尘的八宝盒落地，金灿灿的首饰落了一地，"皇后心里，朕可不就是个忘恩负义的小人。"

刘全抹了把汗，心说，您自己知道就行了，说出来吓奴才干吗？这么些年，您和皇后斗，和霍家斗，现在霍家败落了，还来矫情啥啊？

南宫曜本也没指望他回答什么，只是觉得胸口窒闷，一想到霍青桑为了霍庭东私自出宫去通州，心里仿佛燃了一把火，烧得他看什么都不顺眼，尤其是舒兰殿的东西。

"这都是她欠朕的。"

刘全不敢作答，诚惶诚恐地跪着。

"行了，起来吧，通州那里有信了吗？"南宫曜的目光轻轻扫过地上的首饰，被一根石榴红的玛瑙石耳坠子吸引，弯身捡起，冰凉的玛瑙石贴着掌心，让他有种沉甸甸的失落感。

原来她没有扔，原来她还留着。

这是她初入宫时他送她的，好一段时间她天天戴着，直到烨儿早夭便未曾见她戴过，他以为她恨他，却没想还留着。

心仿佛被什么狠狠地刺痛着，一下一下，仿佛没有止境一般。

"有信了，霍庭东连吃了两场败仗。"刘全小心翼翼地道。

"是吗？"南宫曜挑了挑眉，"去给慕容无风回信，杀霍庭东，至于霍青桑，朕要活的，不可有丝毫差错。"

"是。"

刘全应声退了出去，出了舒兰殿，一摸额头才发现，不知何时已经一身的冷汗。

夜风带着一股子灼热，刘全却感觉全身都是冷的。

霍家，这次怕是真的要败了。

一想起皇上刚刚的嘱咐，刘全长长叹了一口气，转身没入昏暗之中。

晨光放亮，霍青桑马不停蹄赶到燕山脚下的霍家军大营时，霍庭东的大军已经分两路从前后包抄燕山，另有一支通州当地的驻军从西侧支援前方的霍家军。

大营里留守三千霍家军，其中一半是前两次战役退下来的伤员。

队伍里的老兵自然是认得霍青桑的，见她匆匆忙忙地进了营帐，负责驻守的千户长眼睛顿时一亮，"咚"的一声跪倒在地："大小姐您怎么来了？"

霍青桑面色微沉，看了眼呼啦啦跪倒的几个千户，心里隐隐有些不安，弯身浮起千户长李峰，转身来到大帐中央的沙盘前。

李峰和几个千户面面相觑，好一会儿才忧心忡忡地把刚刚的探子叫进来。

探子一进来，一股浓郁的血腥味扑面而来，霍青桑抬眼一看，那探子被两个老兵搀扶着站在沙盘对面，刚要跪下，被霍青桑阻了："山里什么情况？"

探子据实以报，霍青桑脸色越来越沉，一掌狠狠拍在沙盘上："混账，说好了兵分三路，这时候通州驻军却不发兵支援，呵呵！皇上好狠的计策。"

跪着的几个千户面面相觑，不敢多言，还是李峰大着胆子问了一句："大小姐，您是什么意思？"

什么意思？

霍青桑一阵冷笑，此时也更加明白南宫曜为何会明明知道西凉废太子慕容无风占据通州还一定要苏皖从通州回大燕，看来他本就与慕容无风勾结，一边利用慕容无风假意抓了苏皖，同时设计把霍庭东引回汴京，再让霍庭东出征燕山，只要霍庭东到了燕山，通州驻军和燕山上的慕容无风残余联手，霍家军必然全军覆灭。

好狠的心！好狠的心啊！

霍青桑只觉得胸口一阵窒闷，一股腥甜涌上喉头，"哇"的一声呕出一口血。

"大小姐！"

"大小姐！"

"我没事。"她摆了摆手。

南宫曜啊南宫曜，你到底是有多恨？是有多恨才要使出这诸多手段让霍家万劫不复？她不懂，亦想不明白为何这么多年她掏心掏肺地为他，他却仍旧日日夜夜都恨不能要铲除霍家。

这一刻，她突然生出一种怨念，怨恨自己当初的执念，怨恨自己连到了这种时候还是放不下，哪怕对他生出一丝恨都不能。

或许霍庭东说的是对的，她的爱本身就是一种毁灭，要么毁了自己，要么毁了霍家，只是那时候她不听，甚至以死相逼要父亲扶植南宫曜，却忽略了他是一个人，是一个帝王，被人压制了这么些年，且被逼着送走自己的爱人，他怎么能不恨呢？

她忍不住苦笑，连连呕了三口血，脸色白得仿佛一张白纸。

“大小姐，我去叫军医。”李峰担忧地看着霍青桑。

“不要。”霍青桑拦住李峰，“我没事。”

她低头看了眼被血染红的沙盘，紧抿的薄唇勾出一抹冷笑，扭头看着李峰：“现在，集结所有能集结的兵力，随我上山支援霍将军。”

李峰诧异地看着她，却在她坚定的眼神中看到了希望，看到了当年那个三十招斩上将首级的小姑娘。

“去吧，相信我，一切都会过去的。”霍青桑朝他点了点头。

燕山山势险峻，易守难攻，有一夫当关，万夫莫开之势。此次攻山，霍庭东兵分三路，前路军为主，由副将领兵攻山，霍庭东带一小支队伍从后山攀岩偷袭，通州驻军在霍庭东带人进山后支援。

霍青桑带着一支不到一千人的敢死队摸到燕山后山，前面是一处峭壁，峭壁上还留着霍庭东部队留下的百炼索，小孩腕子粗的麻绳自崖顶垂落，显然是给后面支援的通州驻军用的。

霍青桑回头看了眼李峰：“将军进山多长时间了？”

“两个时辰了。一个时辰前就应该支援的通州驻军并没有按照规定时间来支援，派去求助的将士没有回来，现在不知道将军……”

后面的话没有说，霍青桑已经心有不安，回头看了眼黑压压的一千人，高声喊道：“现在我们要去支援霍将军，你们都是霍家军，现在霍家军荣辱存亡在此一役了，你们怕吗？”她高昂起头，目光坚定地看着崖顶，微敛的凤眸里流光溢彩，仿佛只有战场才适合她，战士才是她霍青桑该有的模样。

“不怕！”

"不怕！"

"上吧！"霍青桑轻轻挥了下手里的金鞭，双脚猛蹬马镫，飞身攀到峭壁上，一伸手抓住一根百炼索向上攀爬。

3 突围

霍庭东带人上了燕山才知道自己上当了，慕容无风早就知道他会从后面断壁偷袭，派人将他引入燕山的一处腹地，霍庭东带来的三千人全部被困在一处凹地里，慕容无风要人在山坡上放铁滑车。

笨重的铁滑车上堆放了浸过桐油的干柴，见风就着，遇人便烧，三千霍家军哀鸿遍野，死伤无数。

霍庭东自知上当，此时亦明白过来，通州驻军必然不会前来支援，自己这次必死无疑。

他用力挥舞手中的铁枪挑开一辆笨重的铁滑车，目光阴鸷地看着凹地上方的吴越，心中突然闪过霍青桑那张清秀的脸，心口一热，一口热血喷出。

"将军！"身后的副将突然嘶吼一声，霍庭东只觉得身子被用力拉扯开，铁滑车贴着他的手臂滑过去。

"童林！"他嘶吼一声，眼睁睁看着那副将被铁滑车碾过。

"啊啊啊！"

铺天盖地的火，痛苦的嘶鸣，霍庭东疯了一样挥舞手里的长枪挑开一辆辆笨重的铁滑车，往凹地上方的慕容无风冲去。

杀戮，血腥，这就是战场，从他第一次随着霍云站在战场上的那一

刻起，他就做好了马革裹尸的准备，可是此刻他又无比渴望能活着，至少能活着再看她一眼。

他眼里已经看不见周围的一切，只是拼着仅剩的力气妄图突围。可是能吗？他甚至看不见生的希望了。

"哥！"

"将军！"

"将军！"

"哥！霍庭东！哥！"

有声音在耳边不停地呼喊，他恍然抬起头，赤红的眸子里映入一团血红："青桑！"

慕容无风完全没想到霍青桑会突然带人出现在他的后方，那一千人如同出了闸的猛虎，快速地在西面打开一道突破口，霍青桑如同一只浴血重生的凤凰，如入无人之境般杀入重围，手中的金鞭猛地挥出，卷住冲向霍庭东的一辆铁滑车的把手，生生将三百余斤的铁滑车向右甩出两米远。

"青桑！"霍庭东难以置信地看着霍青桑，心里却前所未有的平静。

"哥！"霍青桑粲然一笑。

山风吹过，卷着层层热浪，霍庭东却仿佛突然充满了力量，他深深地看了她一眼。

霍青桑带来的一千敢死队虽然勇猛，但着实不是慕容无风残余部队的对手，不到一刻钟的时间，霍青桑和霍庭东带着仅剩的不到三百人被团团围住。

霍青桑凝眉看了眼站在人群外笑得分外得意的慕容无风，扭头对霍庭东道："哥，看来这次我们是真的插翅难逃了。只可惜父亲如今还被关在汴京天牢，霍家怕是要败了。"她说得云淡风轻，却只有她自己知道心里的伤到底有多重，而这一切，不过是因为当年她对南宫曜的执念。

霍庭东一愣，随即便明白了，皇上这是要彻底毁了霍家。

"青桑，是哥莽撞了，实在不该着了他的道，贸然进京。"

霍青桑摇头失笑："哥，是我，若非我当年执念，如何会这般凄惨，若有重生，我必然再不入那宫墙，再不爱那人。"

霍庭东深深地看着她，想说些什么，或是紧紧将她抱在怀里，却终究没有。

霍家军一个个倒下，空气中的热浪那么灼热，他无暇倾诉他对她的情，也不敢，他此时只是希望她能活着，哪怕自己就此死去。

包围圈在一点点缩小，霍青桑背靠着霍庭东，微敛的眉眼被黎明初升的光线照耀得越发明媚。

她好似又回到了好些年前，好似又有了足够的勇气站在这里，这一次，她不是痴傻地守护那个人，她要守护这些年来一直默默护着她的霍庭东。

手里的金鞭仿佛长了眼睛，每一次扬手挥出去必然卷走一条性命，这就是战场，就是杀戮，从来没有哪一刻让她如此明白，自己生而为杀戮，那深深的宫闱不适合她，她喜欢广阔的天空，然而她为了那个人折

了自己的羽翼。

霍家军已是强弩之末，慕容无风隔着人群远远地看着他们，突然扬声喊了一句："活抓霍青桑，其余人，杀无赦！"

叛军呼啸着如潮水般涌上来，霍青桑暗道了一声不好，眼看着突围无望，心里涌起一丝苍凉。

"让他们都退下。"人群外突然一阵骚动，男人低沉悦耳的嗓音仿佛灌入了气贯山河的气势，嘹亮地在山巅回荡。

霍庭东踹开身前的一名叛军，转身护在霍青桑身前，面前的叛军突然如潮水般退了下去，人群之后，一名白衣男子笑靥如花地站在慕容无风身后，手里的蛇纹七宝匕首压在他的颈上，殷红的血珠顺着匕首的锋刃滚落。

霍青桑远远地看见吴越，心中微讶，这人不正是那日进城时遇见的白衣男子吗？他何以在此出现？又为何出手相救？

"你认识？"霍庭东凑近她耳边问了一声。

她摇了摇头，目光不经意地扫过吴越身边的灰衣少年，是他，那日自己从疯狗嘴里救下的少年。看样子两人是主仆，一个得了癔症无钱就医的公子，如今倒是这般巧合地出现在这里，有意思，有意思。

霍青桑别有深意地看了那公子一眼，想起那晚的药铺，心思忽然一动，怕也不单单是药铺那么简单吧！

"快走。"吴越低吼了一声。

霍青桑和霍庭东在所剩不多的霍家军护送下来到吴越身后。

"下山。"吴越深深地看了霍青桑一眼，拽着慕容无风往山下退。

叛军不敢贸然去追，只得小心翼翼地跟着。退到半山腰，霍青桑突然伸手拉了霍庭东袖摆一下，俯身在他耳边嘀咕几句，见霍庭东脸上露出担忧的表情，她笑着拍了拍他的肩，然后悄悄退到人群最后面。

众人退到山脚下的时候，山巅的叛军大营突然火光缭绕，浓烟滚滚，吴越分神在队伍里找了一圈，果然不见霍青桑。

这时，从山上跌跌撞撞地冲下来一个人，那人满身是血，身上还带着一股子焦煳的气味，踮起脚俯身在叛军将领的耳边小声嘀咕了几句。

霍庭东目光灼灼地看着那名士兵一开一合的嘴唇，提着的心终于落了下来，看来，绕到叛军后方的霍青桑果然得手了，不仅烧了对方的粮草，还成功地救出了苏皖。

少年时他跟着一位老兵学过唇语，所以刚刚那人说的什么他看得一清二楚，只是不知道此时霍青桑是不是安全回到城里了。

他知道霍青桑一意孤行要救苏皖的目的，爹爹还在汴京扣押着，既然南宫曜答应救出苏皖就放人，那苏皖就必需活着，而且必需要由霍家军送回去，这样南宫曜才没有借口继续发难霍家。

一行人退到燕山脚下，迎面而来的是姗姗来迟的通州驻军。

驻军首领和慕容无风心照不宣地互看了一眼，慕容无风假意怕死要求叛军首领暂时退兵，驻军首领顺坡下路，带着队伍返回了通州府。

当晚，被囚通州府的慕容无风被叛军劫走，而营救苏皖的霍青桑亦迟迟未归。

霍庭东焦虑地在屋子里乱转，派出去寻找的人每半个时辰回报一次，却始终没有找到霍青桑和苏皖的下落。

　　直到第二日早晨，一队寻外城的士兵在城外三十里的一座小亭子里发现了慕容无风的尸体，一剑封喉。

　　这厢通州驻军为慕容无风的死焦头烂额的时候，有人在燕山脚下的一处小溪旁发现了受了重伤的霍青桑和苏皖。

　　霍庭东见到霍青桑的时候，她单薄的身子几乎被血浸染，右手臂扭曲地背在身后，手腕诡异地耷拉着，整个人如同一只破布娃娃一样倒在半湿的岸边，不远处的苏皖虽然亦昏迷着，但显然伤情并不严重。

　　一个人的心得有多疼才能疼到身体都麻木的程度呢？以前霍庭东不知道，即便是无奈地看着她嫁给南宫曜，他也从来没有这么疼过，那种绝望的感觉仿佛生生将他撕裂，他一步步走到霍青桑面前，小心翼翼地把她抱在怀里，她轻得仿佛没有一点重量，他的心却沉得无法呼吸。

　　青桑，你不会有事的。

　　你不会有事的。

　　不会有事的……

　　夜里，南宫曜因一场噩梦惊醒，醒来时，桌案上的红烛才燃了一半，香鼎里徐徐升起几缕青烟，淡淡的香气弥漫正室。

　　他虚惊地叹了口气，伸手摸了摸额头，却已是冷汗淋淋。

　　是梦，可那梦何以那么真实？

　　他甚是慌乱地披上外袍，声音略带沙哑地喊了一声刘全。

　　刘全跌跌撞撞地冲进来，才发现皇上的脸色阴沉得可怕。

　　南宫曜坐在龙床上，目光微敛地看着刘全，好一会儿才问道："通州有消息了吗？"

刘全一震，忙道："还没有。"

"是吗？"他抬头望了望窗外漆黑一片的花园，淡淡地道，"朕刚刚做了一个梦。"他梦见霍青桑满身是血倒在血泊里，那双澄澈的眸子直直地看着他，好似怨恨，好似绝望，又好似缠绵不休的痴恋，他想去拉住她，可是无论如何他都不能移动半步，他声嘶力竭地喊她，一遍一遍地喊她，却只能眼睁睁看着她被黑暗拖走。

他被惊醒，胸膛里的那颗心跳动得异常狂野，他已经半个月没有收到霍青桑的消息了，他不知道通州的形势，不知道霍庭东的死活，第一次，他觉得事情完全脱离自己的掌控，他开始像个毛躁的少年般在这里等着她的消息，然后惴惴不安，心心念念。

他不懂这种突来的情绪代表着什么，他不敢去探究，或许，他只是担心苏皖吧！一想到那个曾经温婉秀美的少女就那么被自己放逐到西域，他的心就下意识地抽疼。

刘全静静地看着他，没有回话。他知道，这个时候皇上并不是想要他的回答或提问，只是在抒发自己的情绪罢了。

自打皇后娘娘去了通州之后，皇上便有了梦魇的毛病，常常夜里被噩梦惊醒，然后鬼使神差般跑到舒兰殿一坐就是半宿。

"下去吧，朕出去走走。"

遣退了刘全，一个人静静地走在通往舒兰殿的路上，第一次，南宫曜觉得这条自己走了无数次的路变得无比漫长。

回廊间的风灯被风吹得沙沙作响，他疾步走着，仿佛身后有一只巨

兽在追赶他，让他不能停下脚步。

舒兰殿里幽深而静谧，霍青桑走后，舒兰殿里大部分值勤宫女都被送回内务府从新编制，守夜的小太监见到南宫曜时微微一愣。

"下去吧！"没等他说话，南宫曜已经兀自拉开殿门，一股淡淡的茉莉香扑面而来。

他记得霍青桑最喜茉莉，舒兰殿的后院栽种了不少，很多都是她亲自打理的，只是这些时日莫名地败了不少，花匠们轮番照料也无济于事。

他依旧静静地坐在面对着西面墙的软榻上，手边的茶已凉了，不知不觉，又是一夜。

"皇上！"刘全小心翼翼地候在门外，脸色苍白如纸，身后的追云脸上亦是没有一丝血色。两人战战兢兢地站在昏黄的灯光下，心中仿佛沉了冰，覆了雪。

"何事？"

"追云回来了。"

几乎是眨眼的工夫，紧闭的殿门从里面拉开，晦暗的灯光在他脸上投下一道暗影，刘全下意识地向后退了一步。

南宫曜的目光错开刘全看向追云，薄唇轻启："通州什么情况？"

第四章 痴　情　念　断

1 你是谁?

追云说,霍青桑为救苏皖生死不明;追云说,慕容无风离奇死亡,五万西凉残余不知所终;追云说,霍庭东此时已经在回京的路上。

南宫曜恍惚地看着天边的晨光,整个身体却感觉不到一点温度,他静静地立在那里,不知不觉中错过了早朝。

他不知道自己此时该是什么心情,可终归是痛的,那种痛就如同钝刀在一刀一刀地割着他的肉,一下一下,鲜血淋漓。

他强迫自己镇定,可还是没办法,他砸了舒兰殿,包括每一处留有霍青桑气息的地方,他说,霍青桑你怎么能死?你不会死的,朕不信的,你欠朕的杀你十次都还不完,没有朕的允许,你如何能死?

半个月后,霍庭东剿匪归来时,南宫曜带着百官站在宣武门外亲自迎接。

霍庭东穿着银白的战甲立在人前,微沉的脸上没有一丝表情。

南宫曜的目光在人群中寻找,许久,终究失望地挑眉,冷冷地看着霍庭东,问:"她呢?"

霍庭东忍不住抿唇冷笑,朝身后的人群挥了挥手,人群分开,苏皖的软轿落地，紫色的轿帘撩开，容貌娇艳倾城的女子巧笑嫣然地看着他。

时光那么残酷，却仿佛从未在她身上留下痕迹，她还是离开时的模样，她没变，变的从来都是他。

他紧走几步迎了上去，展开双臂将她紧紧拥在怀里，微敛的目光却在人群中搜寻，心不断下沉。

庆功宴结束后，南宫曜单独留下了霍庭东。灯火辉煌的御书房里，两个男人各怀心思，彼此相对。许久的沉默后，南宫曜沉声道："青桑呢？"

霍庭东满腔的愤怒，他憎恨眼前这个虚伪而冷酷的男人，如果可能，他绝不想再让青桑回到这虚伪的皇宫，所以他说了谎："救苏姑娘的时候，皇后失踪了，生死不明。"他说得很轻，眼神中却含着深深的绝望，看南宫曜的眼神中带着一种愤怒，一种恨不能刮骨食肉的愤怒。

南宫曜修长的身体微微晃了一下，他淡淡地点了点头，晦暗不明的俊脸上看不出一丝表情，他说："令尊的事，你知道了？"

霍庭东点了点头："皇后到通州的时候告知微臣了，家父是清白的，定是遭到奸人陷害，求皇上做主。"他弯身跪倒，目光灼灼地看着对面的男人。

南宫曜居高临下地看着霍庭东，说不出心里是恨还是什么，他微微一笑，笑意却未及眼底："那青桑必然说了，朕答应她只要你救回苏皖，朕会重新调查霍云的案子。"

霍庭东点了点头："皇后确实和微臣说了。"

南宫曜没再说什么，挥手要他退下。

霍庭东刚刚退出御书房，追云推门而入："皇上。"

"怎么样？可去霍家查看了？霍庭东入城后是否有什么异常的人进出霍府？"他不信霍青桑会死，依照霍庭东的性子，如果霍青桑真的死了，他不会回汴京，倒是很可能会造反。

也许霍庭东以为自己掩饰得很好，可南宫曜绝对不会看错，他爱霍青桑，很多年前就爱。

"微臣夜探霍府，得知在霍庭东进城前两天，有一男一女一同入城，两人进了霍府后便没再出来过。那女子虽然戴着围帽，但身材与皇后相仿。"

"是吗？"紧抿的唇终于扯出一抹浅笑，南宫曜定定地望着远方。

霍青桑，你逃不掉的，逃不掉的。

苏皖的归来让本就风雨飘摇的后宫越发人心惶惶，皇上的册封旨意已经下来了，册封苏皖为德妃，赐居雅芳殿。但是由于皇后始终称病不能主事，册封的宝印上还没能落下皇后的凤印。

霍青桑离宫后南宫曜一直对外宣称皇后称病避居舒兰殿，除了白日里有两个太医留守，舒兰殿很少有人进出。

霍云通敌案在霍庭东归京后不出三天，南宫曜下令刑部重查此案，主审官员竟是苏皖的父亲苏牧。

霍庭东得知苏牧主审此案的时候，气得摔了手里的茶杯，目光阴鸷地看着宫闱的方向，心中隐隐不安。

"将军，不好了，皇上，皇上微服私访，现在，现在人已经进了内宅了。"管家跌跌撞撞地冲进门，脸色苍白一片。

"什么？"霍庭东猛地站起来，挥手打翻桌上的茶盏，脸色阴沉地看着管家，"大小姐呢？"

"大小姐正和吴越公子在后院修剪草坪呢，这时候，怕是，怕是……"话音未落，只觉得眼前一道黑影闪过，书房里哪还有霍庭东的影子。

南宫曜从来没有见过那样的霍青桑，她穿着暖黄色的夏衫、对襟马甲，下面是一条印着丁香花的百褶白裙，看上去就如一个天真烂漫的少女。她笑眯眯地蹲在院子里的草坪上，微微仰起的小脸上带着浅浅的笑，轻启薄唇，对着面前的白衣男子说着什么，两个人正亲昵地拿着花剪给草丛边缘的茶树修剪枝丫。

阳光暖洋洋地落下来，在她身上晕开一道金色的光圈，南宫曜觉得一阵眩晕，他甚至不敢上前去破坏那美好的画面。他有些不敢相信对面美好的少女就是霍青桑，可她又确确实实是霍青桑。

他注意到她扭曲的右手吃力地握着花剪，白皙的面颊上染了一层薄汗，身旁的男子小心翼翼地抽出袖子里的绣帕递给她。

心里仿佛有什么在瞬间塌陷，他不知道是嫉妒还是愤怒，愣愣地站在月亮门处。身后传来急促的脚步声，他猛地回头，对上霍庭东急切的

目光。

霍庭东看了眼院子里的霍青桑和吴越，眼中闪过一丝痛楚，他静静地站在南宫曜身后，心里沉得仿佛压了一块巨石。

"我们被慕容无风围困在燕山，吴越公子救了我们，青桑为了救德妃独自折返燕山叛军大营。我们找到青桑和德妃时，青桑重伤昏迷。通州府的军医没有办法，她伤得太重了，右手腕骨粉碎性骨折，断了三根肋骨，脑部重伤。后来亦是吴越公子拿出家传的玉露丹救回青桑一命。"他淡淡地说着，可那段时间那种撕心裂肺的痛还是那么清晰地印在记忆里，刻在骨子里，"青桑醒来后最初的几天眼睛什么也看不见，是脑中瘀血沉积所致，那段时间她谁也不让靠近，像一个安静的孩子，除了会偶尔和喂她吃药的吴越说几句话，什么人也不理会。大夫说，她丧失了记忆，什么都不记得了。"那时他多疼，明明就在自己身边，却不能碰触，她不认得他了，不认得了。

霍庭东的话如同一记惊雷在南宫曜心里炸开，他难以置信地看着霍庭东，右手死死地按着胸口。

他说她失去记忆，他说她的右手废了，他说她什么都不记得了，也忘了自己是吗？

不，她怎么可以呢？怎么可以连他都忘记？

他猛地转身，一把抓住霍庭东的领子，双目赤红地瞪着霍庭东："你说谎，怎么可能？她怎么可能失忆？霍庭东，你骗朕，你不是说她死了吗？可她活着，你是故意的，你故意的，你以为朕不知道你喜欢她？可她是朕的妻子，谁也夺不走的，连她自己亦不能。"他红了眼，声嘶力竭，只觉得整个胸膛都是痛的，都是空的，他急于想要确定她还是他的。

"妻子？"霍庭东讥讽地笑了，一把挥开他的手，"你何时当她是你的妻子呢？"他目光冷冷地看着南宫曜，突然揪住他明黄的领子，"这一切不都是你想要的吗？这一切不都是你一手策划的吗？你想要霍家败落，如今霍家落到如此地步，你还有什么不满意？还是非要赶尽杀绝？"

这就是他要的吗？

不，不是的，他只是要惩罚霍家，惩罚霍青桑，可他从没想过有一天霍青桑会死，更没有想过，有一天她会离开自己，或是完全把自己从记忆里抹除。

不，这不公平，在他那样记恨了这么些年之后，她凭什么忘记他，凭什么？他不允许。

许是他们的争吵终于惊动了月亮门里的两个人，霍青桑站起身，目光探究地看着两个神情颓败的男人。

她有些害怕地躲在吴越身后，从他腋下探出头，小心翼翼地看着对面的两个男人，轻轻地问了一声："你是谁？"

熟悉的声音，却再不是熟悉的语气，南宫曜只觉得一股郁气挤压在胸口，让他恨不能冲过去好好质问她，霍青桑，你难道真的忘记了朕？

"哥。"霍青桑小心翼翼地叫着对面的霍庭东，虽然还有些生涩，

还有些茫然，但是依旧笑着望着他，朝他勾了勾手指，"哥，你看我修剪的茶花，好看吗？"

霍庭东宠溺地朝她笑了笑："好看。"他用了多久才让她相信自己是她的哥哥啊，可是看着她对吴越的依赖和依恋，自己心中的痛又有谁知道呢？

他错过了她一次，又错过了第二次，或许此生，他都无法堂堂正正站在她身边为她遮风挡雨，只能默默地在暗处守护她。

霍青桑偷偷瞟了眼脸色黑沉得可怕的南宫曜，动着小心思要霍庭东到她身边来，那个人一身的煞气，危险。

霍青桑胆怯而防备的眼神如同一把刀，生生地插进南宫曜的心里，他僵硬地朝她伸出手："青桑，过来。"

"不要。"她吓得缩回脑袋，"你是谁？"

"我是你相公，你不记得了？"他几乎是咬牙切齿地说。

要是以往的霍青桑听了这话肯定会笑掉大牙，可现在的霍青桑只觉得一阵恼火，她一把抓起落在地上的花剪朝南宫曜砸了过去，词严厉色地道："你个登徒子，怎的坏我名节？"

登徒子？

南宫曜一愣，脸色黑沉得仿若锅底，他侧身避开飞来的花剪，几个大步冲过去一把抓住她的手："霍青桑，你闹够了，我不管你在演戏还是如何，现在跟我回宫。"说着，用力将她从吴越身后拽了出来。

霍青桑眼中闪过一丝惶恐，惊惧地看着身后的吴越，道："吴越，我怕。"

吴越伸手拽住她的手，毫无惧意地对上南宫曜阴沉的眸子："她说她怕。"薄唇微微勾起清浅的弧度，笑起来让人如沐春风，却又多了丝阴冷在里面。

两个男人谁也不愿放手，视线在空中激烈地碰撞，一时间气氛沉得骇人。

"够了。"霍庭东冲过去将霍青桑扯进怀里，怒目看着南宫曜，好长时间才道，"皇上回去吧，青桑她……记不得您了，回宫的事，还是再作打算吧！"

南宫曜不悦地看着他怀里的霍青桑，这时候，她该是偎在自己怀里才是，他是她的夫，她的天。

"她是朕的皇后。"说着，他再次朝霍青桑伸手，"青桑，跟朕回宫。"

"我不。"霍青桑龇牙咧嘴地瞪着他，素白的左手死死地抓着霍庭东的衣襟，"走开走开，我讨厌你。"

南宫曜的拳头握得发白，整个人僵在那里，心里仿佛有什么被一下子掏空。

南宫曜还想说点什么，刘全面色灰白地从月亮门进来，说是后宫出了大事，德妃娘娘不小心在御花园冲撞了淑妃娘娘，淑妃在御花园责打了德妃的宫女，德妃去挡了那嬷嬷的巴掌，人栽在花丛里，伤了脸。

南宫曜欲言又止地看了眼躲在霍庭东怀里的霍青桑，转身拂袖而

去，离去前，给霍庭东留下意味深长的一眼。

2 回宫

霍青桑有点不高兴地看着院子里的男人，他穿着紫色的袍子，面容白皙，墨发如瀑，清俊的五官很好看，只是看她的眼神多半时候带着一种野兽般的凶悍。

"你怎么又来了？"她懒懒地坐在秋千上，木质秋千摇晃的时候发出嘎吱嘎吱的声响。

南宫曜不打算给她好脸色，阴沉着脸瞪着她："跟我回宫。"

"不回。"她答得很是顺溜，翻了一个白眼，"你这人是不是脑袋不好使？没事总往我家跑干什么？当皇上的都这么闲？"吴越说他是皇上，瞧着不像啊，倒像是个阴险狡诈的小人，哦，不，许是登徒子，有事没事就往霍府的内宅跑，也不避讳她一个女人家。

"我是你丈夫。"南宫曜走过去伸手抓住晃个不停的秋千，目光扫到她头上梳着的少女发髻，心里越发不悦。

"呵呵！"霍青桑抿唇一笑，"喂，你拆我头发干什么？"

南宫曜置若罔闻，动作略有些笨拙地拆着她头上的发髻，脸色阴沉得可怕："霍青桑，你就没有妇德吗？出嫁了的女子还梳少女发髻，你到底在想些什么？"他讨厌她笑得那么没心没肺，好像自己对她来说已经没有任何意义，这让他莫名地惶恐，曾经她满心满眼都是他，现在她却连给他一个眼神都吝啬。

"喂！你别拆，抓疼我了。"她笨拙地伸出右手去挡，却恍然想起自己的右手不甚灵活，只得失望地放下右手，有些恍惚地看着他，好长时间没有说话。

似乎是察觉到她的异样，南宫曜惋惜地看了眼被他拆得凌乱的少女发鬓，担心地问了一句："疼吗？"

霍青桑摇了摇头，还是不说话，只是目光晦暗地看着右手。

南宫曜随着她的目光看去，心里突然一疼，仿佛被人狠狠地打了一拳。他鬼使神差般捧起她的右手，略有些冰凉的唇轻轻吻上她扭曲的手腕。

冰凉的唇，温热的皮肤，霍青桑身子一僵，一股陌生的战栗感传来，那么突然，那么震撼。

她猛地抽回手，一把推开毫不设防的南宫曜，猛地从秋千上跳起来，抓起裙摆溜走了。

南宫曜回到乾清宫第一件事便是召见追云。

"吴越的身份，你调查得怎么样了？"南宫曜凝眉看着追云。

"回皇上，只查出是西凉的商人，倒是没有什么奇怪的地方。"

"没有奇怪的地方才奇怪，他出现得那么巧，不仅救了霍庭东，慕容无风亦是莫名其妙就死了，消失的五万叛军又去了哪里？倒是值得玩味了。对了，你可还记得慕容无风曾说过西凉老皇帝有个私生子？"

追云一愣，好一会儿才道："是听过。只是此人从未在越宫露面，不知其具体底细。西凉那边的探子只说，国主对这个儿子藏得很深，很

是器重，不然不会贸然废了太子，现在藏着，怕是时机一到必然会为他正名。"

南宫曜点了点头："往西凉那边送去消息，尽快把这个私生子的事探听明白。另外，派人看着吴越。好了，去叫霍庭东进宫，朕要跟他商讨皇后回宫的事，这么些时日了，皇后也该回宫了。"

一晃回京已经一个月了，南宫曜虽然下旨再查霍云的案子，可霍庭东心里明白，想要霍云平安出来并不是那么容易的事。

而对于南宫曜，他亦是看不透的，自从青桑失忆归京之后，南宫曜一反常态时常来霍府看她，更是不下三次提出要接青桑回宫，虽然他以青桑身体不适为由拒绝了，但最近总有些惴惴不安。

他看不透南宫曜，更不知道他对青桑到底是什么意思，若说是恨，此次归京，他又总觉得南宫曜看青桑的眼神蕴含了太多的东西，这让他终日惶惶不安。

进了御书房，南宫曜早就候在那里了。

"皇后归京已经一个月了吧！"南宫曜转身，目光灼灼地看着霍庭东。

霍庭东又怎会听不出他的意思呢？青桑是皇后，又能逃到哪里去呢？回宫是早晚的事，只是自己不甘心，非要留她罢了。

他长长地叹了一口气："怕是她不愿。"

"啪！"

南宫曜猛地摔了茶杯，脸上带着冷笑："霍庭东，你还要扣压朕的皇后不成？"说着，伸手把书案上堆积的几本奏折丢到他脚边，"你自己看看吧！"

霍庭东身体一僵，弯身捡起落在脚边的折子，翻开一看，脸色瞬时一沉："混账。"这些人吃了熊心豹子胆了，竟然上奏要废弃皇后，青桑若是这个时候被废了，且不说霍家如何，青桑终生囚于冷宫，便是生不如死。

他脸色阴沉地翻看一本本折子，抿唇冷笑："那依皇上的意思呢？"

"皇后病得已经够久了，也该康复了。"

是啊！该康复了！

霍庭东只觉得胸口闷闷地发疼，他终归还是护不住她的，以前如此，现在依然如此。

霍青桑回宫那日是八月初，眼见便到了中秋，宫里已经忙碌地准备着中秋灯会，御花园里的菊花开得繁茂非常，霍青桑被南宫曜五花大绑地扛进舒兰殿，一路上吵吵嚷嚷惊动了不少人。

"混蛋，绑架我？我不要进宫，我要回家，回家，回家！"霍青桑被五花大绑地丢在舒兰殿内室的玄石大床上，一脸阴沉地怒视着对面的南宫曜。

南宫曜懒洋洋地看着她，浅酌了一口杯盏里的清茶："你本就是朕的皇后，在外闹得也够了，总归是要回来的。"

　　"谁是你皇后，谁是你皇后，你放我回去！吴越，我要找吴越！不，我哥，霍庭东那个骗子呢？"霍青桑气得面色青紫，坐起来拿头往他身上撞。

　　南宫曜侧身避开，笑道："是你哥送你回宫的，好了，别闹了。"

　　"我不信。"

　　"信不信又如何？"南宫曜挑眉，突然伸手扣住她略显清瘦的下巴，"霍青桑，我不管你是真失忆还是假失忆，你这辈子都是我的女人，生亦如此，死亦是要入我皇家宗祠的。"话音未落，他俯身狠狠地咬住霍青桑喋喋不休的唇。

　　南宫曜从来没有这么渴望去吻一个女人，可当她真的落在他怀里的时候，他又显得那么的手足无措，他该恨她的，难道不该恨吗？

　　他猛地伸手把她推开，霍青桑脸色微红地瞪着他。

　　南宫曜狠狈地别开视线，轻咳一声，一边解开她身上的绳索，一边故意沉声道："既然回来了，你就好好在这里待着吧，明早自然有宫妃来舒兰殿请安。"说着，转身欲走。

　　"等等。"霍青桑一把抓住他的袖摆。

　　南宫曜低头看了眼捉住自己的那只略微有些扭曲变形的手，没有什么力道，只是那么轻轻地抓着，只要他稍微用一点力气就足以挣脱，但他仍旧静立了片刻。

　　霍青桑抿了抿唇，好一会儿才道："我听我哥说，你抓了我爹。"

　　南宫曜突地脸一沉："你什么意思？"

"放了我爹。"霍青桑理所当然地道，"我哥说，我离京之前你向我承诺，只要救回苏皖，就放了我爹。"说着，眼神不禁黯然，抬起扭曲的右手，"我废了手，失了忆，你放不放人？"微敛的眸子还是那么咄咄逼人，真是好一个霍青桑，饶是失忆也改不了这脾性。

南宫曜冷笑出声，决绝地一把挥开她的右手："此事不该你过问，还是歇了吧！"说着，转身大步离去。

出了舒兰殿，南宫曜坐上龙撵直奔乾清宫，远远地，一盏素白的宫灯孤零零地悬在廊外，苏皖穿着鹅黄色的宫装静立在夏夜的晚风中，素白的脸，秀丽的容颜，仿佛从来没有离开过，就那么与他遥遥相望。

在舒兰殿积压的一肚子火气消减了不少，南宫曜大步迎了上去，硬挺的剑眉微微挑起，伸手虚扶她的腰身："这么晚怎么出来了？"

苏皖微微仰起头，眸子里带着绵绵情谊，一俯身扑进他怀里："曜哥哥。"

曜哥哥？南宫曜心里一震，一股温暖的热流瞬间流入心房，好似又回到少年时，那时她总是软绵绵地叫着他曜哥哥。

心里说不出是惊喜还是怜惜，他轻轻地捧起她的脸："怎么了？这么一副要哭的样子。"

苏皖吸了吸鼻子："我怕。"

"怕什么？"他挽着她往乾清宫里走，身后的刘全朝身后的宫人使了眼色，谁也未跟进去。

"怕有一天曜哥哥又会把我送走。"苏皖小心翼翼地说，微微仰着

头，胆怯地看着他突然僵硬的脸。

"不会。"他几乎是用尽全身的力气才说出这两个字，紧紧地将她抱在怀里，"不会了，朕再也不会让人把你夺走，永远不会的。"若说霍青桑是他心中的恨，那苏皖便是他心里的结，一个年少时尽人皆知的心结。

他已经分不清自己对苏皖到底是爱还是别的什么，只是本能地要去保护她，就像保护自己年少时那一点卑微的自尊。

次日，皇上宠幸德妃的消息已经在宫里传得沸沸扬扬，可只有雅芳殿的苏皖知道，这一夜，南宫曜只是抱着她躺在柔软的床榻上，没有亲吻，没有亲密，亦没有所谓的恩爱。

"啪！"

铜镜被狠狠地砸在地上，宫女吓得脸色苍白，大气也不敢出地看着这位美貌的德妃娘娘。

虽然刚被调来雅芳殿不久，可是她知道，面前的德妃娘娘并不是个好脾气的主儿，前日有个新晋的小宫女只是不小心提了一次皇后娘娘，德妃娘娘就大发雷霆要人把那宫女打得血肉模糊，直接丢去浣衣局自生自灭了。

昨夜皇上虽然留宿了雅芳殿，可是她们几个内殿侍候的宫女都知道，皇上并没有传水，也就是说，两人并没有行那云雨之事，也难怪德妃娘娘一早起来便心情不好。

"给本宫更衣。"苏皖冷冷地看了眼宫女，紧抿的薄唇勾出一抹浅笑，"咱们去给皇后娘娘请安。"

宫女小心翼翼地看着她，心中暗道，当年这德妃便是被皇后逼着皇上送到西域的，如今德妃得势，皇后娘家又落败了，这后宫争斗怕是要风雨欲来了。

3 嚣张气焰

苏皖带着宫女赶到舒兰殿的时候，舒兰殿的殿门前已经黑压压围了一圈花枝招展的妃嫔。

苏皖下了轿辇，分开人群一看，霍青桑穿着一身石榴红的夏衫坐在舒兰殿的门前，手里拿着一条蛇皮鞭子，面前站着一名娇艳如花的妃嫔。

"淑妃姐姐？"苏皖轻唤了一声。

果然，淑妃微微侧头，见到她时笑了一下："原来是妹妹。"

"给皇后娘娘请安，给姐姐请安。"苏皖娇滴滴地拜了宫礼。

霍青桑也不说话，手里的鞭子在空中甩得劈啪作响："你们就是那……不对，该是皇上的小老婆？"她话音一落，果然见一群女人脸色瞬时发白。

也是，即便是入了宫，成了这天下最尊贵的女人，可说到底也不过是个妾。

淑妃恨得咬牙切齿，苏皖却宠辱不惊："姐姐说笑了，我们都是进宫侍候皇上的。"

霍青桑凝眉看了她一眼："你是谁？"

苏皖一愣，随后想到，昨日却是听说了，皇后前些日子生了一场大病，醒来了，脑子就不怎么好使了，很多事都不记得了。

她咬牙看着霍青桑，心中的仇恨越演越烈，真恨不能就此撕了她的心肝脾肺，看看这个女人的心肠是不是铁做的。

当年她逼着南宫曜把自己送到西域给个老头子当玩物，如今自己回来了，便发誓要夺回属于她的一切。

霍青桑挑眉看着她，慢悠悠地从椅子上站起来："你又是哪个？"说着，扭头看素衣。

素衣白着脸凑到她跟前："娘娘您忘了，这就是您冒险救出来的德妃娘娘。"

"哦！原来是你啊！"霍青桑一副了然于胸的样子，走过去用鞭子把柄挑起苏皖白皙的下巴，"原来你就是那个西域老色鬼的小妾啊，果然是个妖精似的人物，难怪把皇上迷得神魂颠倒。"

苏皖的脸色一阵青一阵白，扭头挥开她的鞭子，眸子染了一层水汽，"咚"的一声跪在她身前："姐姐，是皖儿的错，皖儿这不洁之人本就不该进宫的，皖儿……"说着，突然站起来，一把推开挡在面前的一名宫妃，朝舒兰殿前的雕梁栋撞了过去。

"啊！"

"德妃娘娘！"

"大事不好了，快去请皇上。"

南宫曜正在御书房接见苏牧，刘全慌慌张张地冲进来："皇上，皇上，德妃娘娘她，她在舒兰殿撞柱了。"

"什么？"南宫曜手里的茶杯落地，"传太医，摆驾舒兰殿。"

龙撵浩浩荡荡赶到舒兰殿的时候，德妃已经被抬进内室，太医诊了脉，霍青桑面无表情地坐在门口，手里拿着盏茶。仔细瞧，倒也可以看出她的身体微微发颤，目光时不时朝内室看去。

南宫曜踹开舒兰殿的门，看也没看门口的霍青桑，白着脸往内室冲。

"皖儿。"南宫曜大步冲到床前，苏皖已经醒了，只是脸色苍白如纸，头上的纱布渗出一抹艳红。

"曜哥哥。"一见他进来，苏皖的眼眶就红了，强撑着身子扑了过去。

南宫曜紧紧地搂着她，扭头朝身后的刘全大吼："去查，怎么回事？好端端的人怎么就撞柱了？"

这时，淑妃哭哭啼啼地冲进来，指着门口的霍青桑说："皇上，皇上啊，您可要为臣妾做主啊！今儿一早臣妾和姐妹们来给皇后娘娘请安，娘娘竟然拉了把椅子坐在舒兰殿门外不让臣妾等人进去，还，还拿鞭子恐吓臣妾等人。后来德妃娘娘来了，皇后更是辱骂德妃是妖精，还要打德妃，德妃忍受不住，这才……皇上啊，皇上，还有我那个未出世的孩儿，皇后怎么就如此狠心？今日皇上若是不给臣妾一个公道，臣妾

也不活了。"说着，提着裙摆要往梁柱上撞。

"够了！"南宫曜大喝一声，刘全和侍卫早把淑妃拦住，大殿里一时间静谧无声，所有人的目光都集中在南宫曜身上。

"把皇后带过来，朕有话说。"

霍青桑在门口听见内室的喧闹，心中不免一阵冷笑，不等刘全来传唤，径自走了进去。

"霍青桑，你可知罪？"南宫曜沉着脸，怀里抱着苏皖，目光冷冽地看着霍青桑。

"我有什么罪？她自己要死难不成我还要拦着？我说她妖精怎么了？一个跟了别的男人的女人还能入宫封妃，不是妖孽是什么？"霍青桑冷笑，手里的蛇皮鞭晃了两下，"至于这位淑妃娘娘，抱歉，本宫失忆了，记不得你了，有冤有仇还不都是你自己说的。"

南宫曜气得脸色苍白，小心翼翼地放下苏皖，走过去抬手就是一巴掌。

"啪！"

大殿里的人无不抽气，再看霍青桑，本来白皙娇嫩的右脸一下子肿得老高，五指印明显地印在上面。

"霍青桑，你就是失忆了也改不了你骄横跋扈的个性，如今霍家败了，你真以为朕不敢杀了你吗？"南宫曜咬牙切齿地看着她，胸口随着沉重的呼吸不断起伏着。

霍青桑冷冷地笑了，伸手抹了下脸，疼得她"嘶"了一声："那你就杀啊！”

"你以为朕不敢？”

"你还有什么不敢的？把我从霍府强行掠来，原来是想在宫里把我杀了？”她笑嘻嘻的，眼神却冷得似十二月的冰凌，刺进南宫曜心里，一下又一下。

"霍青桑。”

"舍不得了？”霍青桑晃了晃头，扭身就走，"既然你不杀我，那我走了。”

"你给朕站住。”南宫曜突然大吼一声，"来人，把皇后给朕绑了，送去夙冷宫反省。没有朕的旨意谁也不准进去。”

"南宫曜，你敢！”霍青桑一脚踹开冲过来拉扯自己的两个侍卫，手里的蛇皮鞭疯了似的往南宫曜身上抽。

"啪！”

蛇皮鞭的倒刺刮破明黄的龙袍，素白的里衣染了一抹殷红。南宫曜剑眉紧了紧，目光一敛，伸手一把拽住蛇皮鞭，目光阴沉地看着霍青桑，朝殿外的御林军怒道："把皇后给朕绑了！”

话音刚落，呼啦啦十几个御林军冲过来把霍青桑团团围住。

"皇后娘娘不要为难臣等了。”说罢，为首的御林军朝身侧的几个御林军使了个眼色，十几个人一起出招。

"啊！”

"啊！”

"啊！"

随着几名宫妃的尖叫声，后宫众人真是见识到了霍青桑的嚣张气焰，她竟然一口气打伤了五名御林军，若不是后来追云亲自出手，恐怕要擒住霍青桑不是易事。

当然，皇后身娇体贵，皇上只说抓人没说伤人，御林军忌惮着，所以才不能得手，幸而追云及时出手点了霍青桑的穴，众人才制住霍青桑，将人押到夙冷宫。

夙冷宫位于皇宫的最西郊，说白了，就是处罚罪妃的冷宫。守宫的杨嬷嬷说，这夙冷宫已经很久没住人了，以前住着的几个罪妃都没能熬过冬就都死了，有一个还在这里流了孩子，那血几乎把半个大殿都染红了，死的时候千呼万唤地喊着皇上，可这夙冷宫的消息哪里传得到皇上的耳朵里呢？

霍青桑安静地坐在台阶上一会儿看看扫院子里落叶的杨嬷嬷，一会儿百无聊赖地看着天井上方雾蒙蒙的天。过了九月，这天就开始渐渐转冷了，自那日之后，她便未再见过南宫曜。

听偶尔来洒扫的宫女说，她被关进冷宫的那天，皇上喝得酩酊大醉，夜宿雅芳殿，那德妃也不知使了什么狐媚子的手段勾了皇上，竟然有了些独宠的势头，整整霸着皇上两个月夜宿雅芳殿，前几日，太医院的院士去了趟雅芳殿，第二日，乾清宫的赏赐便如流水一样进了雅芳殿，听雅芳殿传出的消息，德妃娘娘有孕了。

"娘娘，快下雨了，进屋吧！"杨嬷嬷放下扫把，走过去将她拉起来，推搡着她往殿里跑。

杨嬷嬷是霍云早年就安插在宫里的老人了，只是因为身在冷宫，所以甚少主动去联系前面的人，所以南宫曜的几次清洗都没能抓到她。

霍青桑被送进冷宫的那一天，杨嬷嬷看到霍青桑的时候着实吓了一跳，没想到当年风光无二的霍家终究落败了。

窗外的雨下得越来越大了，霍青桑坐在窗边发呆，偶尔回过头看看杨嬷嬷，好长时间才突然说了一句："杨嬷嬷，你可知我哥哥的情况？"两个月未见了，也不知是个什么情形，爹爹可是救出来了？

她想了想，觉得不太可能。

杨嬷嬷沉默了好一会儿才道："老奴也不知外面的情况，可没消息总好过有消息。娘娘放心，大公子一定会想办法救出您和老爷的。"

"是吗？"

"当然。"

霍青桑扑哧一声乐了。

"娘娘您笑什么？"杨嬷嬷狐疑地问。

霍青桑摇了摇头："没什么，就是有些饿了。"

杨嬷嬷也笑，伸手爱怜地揉了揉她有些凌乱的长发："老奴去内务府的小厨房看看有什么吃食没有。"

"好。"霍青桑点了点头，笑眯眯地目送杨嬷嬷离开。

直到杨嬷嬷的身影消失在门外，霍青桑的脸才一下子阴沉下来，转

身抽出腰间的蛇皮鞭，左手轻扬，"啪"的一声，身后的屏风应声而裂，一名穿着草绿色宫装的少女脸色苍白地站在那里。

"你是谁？"

少女早被吓得脸色发青，浑身哆嗦地蜷成一团："皇，皇后！"

霍青桑轻轻挑了挑眉，目光落在她怀里的包裹上："我猜猜这里面是什么？毒药？不像。你是来刺杀我的？显然没胆子，还是……"

"皇后娘娘，饶命，饶命。"少女吓得趴在地上一个劲磕头，白皙的额头被血慢慢浸染。

霍青桑一把扯过她怀里的包裹，一只水蓝缎子的大头娃娃掉了出来，娃娃上用朱砂写了不知什么人的生辰八字，胸口扎着一排绣花针。

霍青桑敛了敛凤眸，这时，虚掩的殿门被推开，杨嬷嬷拿着一盘糕点走进来，一见霍青桑手里的娃娃吓得脸色一白，一把抢过去丢在一旁的火盆里。

黑焰从火盆里徐徐上升，带着一股子刺鼻的焦煳味。

杨嬷嬷担忧地看着霍青桑："这是哪个贱蹄子要害娘娘啊。幸而被娘娘发现了。"

"你是哪个宫里的？"杨嬷嬷转身恶狠狠地瞪着那少女。

"她不会说的。"霍青桑朝杨嬷嬷挥了挥手，"先把她绑了，待会儿自然有人来演戏。"

第五章

冷

宫

自

戕

1 夜探

夙冷宫地处偏僻，又多时无人居住，还未到十月便已经很冷，霍青桑抱着手炉坐在大殿里的太师椅上，窗外的雨越下越大，把院子里的几株茶花都浇败了。

用过了晚膳，该来演戏的人没来，霍青桑便显得有些意兴阑珊。也不知道是不是燕山一役真的伤了根本，这身体倒是越发的不利索了。

她恍惚地看着自己扭曲的右手，肌肉组织已经开始有萎缩的迹象，饶是用了再好的断续膏也无济于事。

瞧着瞧着，便觉得一阵睡意袭来，浑浑噩噩地就睡着了，梦中亦不知梦见了什么，只觉得胸口窒闷，想醒却又醒不来，挣扎在那无尽的黑暗中，看不见一丝光亮。

有什么轻轻地贴着她的唇，带着一股薄凉的熟悉触感。

"吴越？"

她恍然地呓语一声，随后是茶杯落地的声音，她猛地惊醒，睁开眼，南宫曜沉着一张俊脸站在她身前，垂在身侧的手微微发抖，像似极力克制住自己的怒火才没将她一把掐死。

她不以为意地眨眨眼，慵懒地伸了一个懒腰："您还真是闲，大半夜跑冷宫来遛弯消食。"

"霍青桑！"南宫曜一股怒气堵在胸口，一想到她刚刚竟然在他亲吻她的时候喊着其他男人的名字，心里便仿佛被一百只猫抓挠一样，恨不能把面前的女人生吞活剥了。

"听见了。"霍青桑侧头避开他杀人般的目光，"这么晚了，你来干什么？"

干什么？

南宫曜一愣，他若是知道就好了，处理完吏部送来的卷宗，本来是翻了淑妃的牌子，人却不知不觉来到了夙冷宫。直到站在这荒僻的宫殿前，他才猛地惊醒，自己竟然已经快两个月没见霍青桑了。

夙冷宫是什么地方他比任何人都清楚，这宫里捧高踩低，皇后失势，如今又被囚禁冷宫，内务府那帮子阉人必然是极尽苛责之能事。

心头莫名地不甚舒服，似有些后悔把她丢进这里。

从燕山回来后，她身子本就孱弱，右手被废，又失了记忆，这夙冷宫怕是待不住的。越想心里便越发不舒坦，脚下的步子亦是急促地往内殿走。

越靠近内殿，越有一种情怯的感觉，犹豫了好一会儿才掀开有些破败的帘子，一进门，便见霍青桑脸色有些苍白地躺在软榻上，单薄的身子蜷缩成一团，右手臂微微下垂，本来白皙如玉的手略微发黄，整个人萎靡了些许，看着让人心口发疼。

他从来没见过她如此孱弱的模样，就好像一只脆弱的蝴蝶，怕是轻轻一碰就折了羽翼。他情不自禁地伸手轻触她微敛的眼睑，卷翘浓密的睫毛轻轻刷过他的掌心，一股说不清的暖意溢满胸间，那一刻，他甚至恍然地想，若是时间静止在这一刻该多好？

人说心生痴念则贪妄，他突然有些顿悟，看着她的眼神情不自禁地柔和下来。

"你发什么呆？"霍青桑出声打断他的思绪，防备地退后一步，不解地望着他。

心里有些失望，他一下子沉了脸色，猛地伸手将她拉进怀里："说，你跟那吴越到底什么关系？霍青桑，你是朕的女人！"

霍青桑脸一黑，奈何怎么也无法从他怀里挣脱，便张口对着他的手臂狠狠地咬了下去。

"嗯。"南宫曜闷哼一声，一把将她推开，"呵呵，失忆了也还是这么蛮横？"

霍青桑懒得理他："你来到底要干什么？看我死没死？若真如此，恐怕你要失望了，我还活得好好的，一时半会儿死不了。"

"你非要如此顶撞朕吗？"

霍青桑脖子一歪："难道不是你把我抓进来的？听说这里死了许多人，说不定哪天我也死了，变成鬼魂再去找你叙旧呢。"她侧目不去看他的眼，心里莫名地抽疼，于是烦躁地挥挥手，"走吧，若真是给我收尸，再等几天。"说着，她伸手把他往外推。

"霍青桑，你真是越来越没规矩了，哪里还有一个皇后的仪态。"南宫曜抓住门框，不悦地瞪着她。

"谁是皇后？我不记得了，失忆了，你若是看不惯，后宫里稀罕这个位置的人可不少，你随便抓一个提上来啊！"

南宫曜的脸色越来越阴沉，大有山雨欲来风满楼的意思，一把抓住她的手："霍青桑，你就那么不在意吗？若真如此，当初为何逼我娶你？若真如此，当初为何逼我送苏皖离开？若真如此，这些年的纠缠又算什么？"

他越说越怒，这么些年她给了他多少恨，他几乎要倚着这恨一步一步地走过来，如今，凭什么她一句失忆就可以把前尘旧事全部抛却，那他这些年做的事又有什么意义？

他想看着她求他，他想看着她后悔，可当那日真的看见她跪在御书房卑躬屈膝地求他的时候，他为何高兴不起来？他甚至是恨的，恨她为了霍云和霍庭东屈膝，她的傲气呢？

霍青桑不懂他百转千回的心思，她茫然地看着他，只轻轻叹了口气："我只是都忘了。"

忘了，不思不想不念便不会痛，如此，甚好。

南宫曜张了张嘴，却什么也没说出口。

院子里突然传来一阵凌乱的脚步声，宫人尖锐的声音划破静谧的夜，在这空荡荡的宫殿里回荡着。

"德妃娘娘到。"

南宫曤的剑眉一挑，未及反应，身后的门被人用力推开。

"皇上？"

"皖儿？"

"皇上吉祥！"

一时间乱成一团，苏皖万万没想到这个时候南宫曤会出现在这里。

"你有了身子不好好在雅芳殿养着，大半夜来夙冷宫做什么？这里阴气重。"他伸手从宫人手中接过苏皖，小心翼翼地搀着她坐在霍青桑刚刚坐的软榻上。

霍青桑冷眼看着恩爱有加的二人，心中已经有了计较。

杨嬷嬷在这宫里那么多年什么没见过，这后宫里最忌讳妃嫔使用巫术，一旦发现，轻者打入冷宫，重者祸及家族。苏皖啊！真是好手段呢。

霍青桑似笑非笑地看着她，等着她演下去。

苏皖没想到南宫曤会在这里，心里"咯噔"一下，缩着身子往他怀里蹭了蹭，心里却把霍青桑恨了个彻头彻尾。

她还是轻敌了，亦轻忽了霍青桑在皇上心里的地位。

此时，她有些暗恨自己的莽撞，却又骑虎难下，若是不说出个是非曲直，自己就真的完了。

思及此，她眨了眨凤眸，楚楚可怜地说："臣妾做了个噩梦。"

南宫曤一笑："说来听听。"目光却扫了霍青桑一眼。

霍青桑等着看她如何唱下去，倒也不说话，反正有人喜欢演戏，她看看又何妨？

苏皖脸色青白，使劲往南宫曜怀里缩了缩，讷讷道："臣妾梦见自己被一尾毒蛇追赶，那毒蛇要吃臣妾和臣妾肚子里的孩子，臣妾绝不容许有人加害臣妾和皇上的孩子，臣妾……臣妾便拿出匕首斩杀了那毒蛇，然后，然后……"

"然后如何？"

"然后臣妾就醒了，夙冷宫的一个洒扫宫女跑来说，皇后娘娘在冷宫用巫术诅咒皇上。"苏皖假装一脸惶恐地问道，"皇上，您说，皖儿杀那毒蛇对还是不对？"

南宫曜抬手轻轻点了点她的额头，眸中闪过一丝冷冽："就你心眼多。"

一旁的杨嬷嬷却是吓得惨白了脸色。

宫里谁人不知皇后是属蛇的，德妃娘娘当年又与皇后结怨甚深，如今回宫两人必然是形同水火，刚刚那话的意思倒是明明白白地告诉皇上了。

这番话明显有几分赌的成分，连一旁的霍青桑都不得不说她大胆，不禁为她捏了把冷汗，心中苦笑，这是连遮掩也懒得做了吗？

"哈哈！好一条毒蛇。"霍青桑冷笑两声，转身走到屏风后，一伸手把那五花大绑的小宫女拎出来往苏皖面前一摔，"只是你这把匕首还不够锋利，无法帮你达到目的，回去好好磨利了再来吧！"

"多谢姐姐提醒。"

苏皖秀眉微挑，扭头看南宫曜："皇上，臣妾有些累了。"

南宫曜朗笑两声，弯身将她抱起，临走时扭头看了一眼地上的小宫女，冷冷地道："杖责五十，赶出宫外。"

"恭送皇上！"

看着浩浩荡荡的一行人离去，杨嬷嬷抹了一把额头的冷汗，扭头看着霍青桑，忍不住长长地叹了口气："娘娘，皇上这是包庇过去了啊！"

霍青桑不甚在意地一笑："嬷嬷，我饿了。"说着接过她手里的托盘，上面是一盘冷掉的茶糕。

"小姐，我们还是该和大少爷联系上。"杨嬷嬷忧心忡忡地看着她。

霍青桑摇了摇头，拿起一块茶糕放入口中，茶香弥漫，带着淡淡的苦涩，如同她此时的心情："嬷嬷，我累了。你下去睡吧！"说完迅速转身，温热的液体落在冰凉的茶糕上，没有人看见。

2 冬至未至

转眼已经入了冬，大燕的雪较边关总是来得迟一些。

杨嬷嬷沉着脸从内务府回来，霍青桑忍不住挑眉，想来又是受了内务府的刁难。从那日南宫曜和苏皖双双离开后，内务府那帮子阉人便越发嚣张了，凤冷宫的炭火本来就紧俏，杨嬷嬷去领，却总是拿不到一半份额。

霍青桑从燕山回来之后身子大不如以前，极为惧寒，刚入冬已经生了两场病，人消瘦了不少。

"是老奴无能。"杨嬷嬷一边抹眼泪，一边用铁钳子翻火盆里的炭火，今日的光景倒是连地龙都生不起了。

霍青桑不以为意，左手拿着蛇皮鞭摇了摇，还是不甚趁手。

右手废了之后，大部分事要倚仗左手，做些简单的动作还行，只是鞭子使得不够灵巧，也就只能唬唬那帮子妃嫔，若真遇上大敌，死都不知道如何死的。

杨嬷嬷见她眼神黯然，心里不由有些揪疼。

想当年小姐是何等的风姿啊，如今却要委顿在这偏殿一隅，想着心里越发难受，偷偷抹了眼泪，讷讷地道："娘娘，倒是有件好事。"

"什么好事？"

"昨日遇见浣衣局的一个新晋小宫女，说是大公子安插进来的。"

"什么？"霍青桑高兴地从椅子上一跃而起，抓住她问道，"可是真的？"

杨嬷嬷笑着点头："真的。"

"可是有外面的消息了？你得递个消息出去，我要出宫，这里再不能待着了。还有，爹爹救出来了吗？吴越可还好？我记得我进宫时他不是说要回西凉运一批货吗？"说着说着，眼眶发热，"这一进宫就好几个月音信全无，也不知以前是如何过来的。"末了，一脸的落寞。

杨嬷嬷晓得她丧失了记忆，便安慰道："娘娘爱着皇上，便不觉得

苦了。"

这话说得霍青桑一愣，心里莫名地抽疼了一下，勉强笑道："也是，我现在忘了他，连同那可怜兮兮的爱恋都给忘了，倒真是多待一天都是受罪。"说着，把蛇皮鞭往腰间一插，笑道，"我去后院的梅园看看梅。你想办法把消息送出去。"

"是，娘娘。"

阴冷的风从头顶的通风口吹进来，昏暗的地牢里，铁链互相撞击发出"稀里哗啦"的声响，那人背对着大门端坐在角落的木头小椅上。

"霍将军，皇上来了。"刘全指使守卫打开牢门，南宫曜弯身钻进牢房。

"南宫曜！"那人猛地转身，阴沉的脸上血迹斑斑，却依稀可以看清五官，不是霍庭东是谁？他猛地向前扑去，脚下的铁链却让他只能走出三步的距离。

南宫曜剑眉轻挑，抿唇冷笑："霍庭东，朕要杀了你实在是不费吹灰之力。"

"哈哈哈哈！"霍庭东仰天长啸，眼眶发红，喉咙一紧，呕出一口血，"放了青桑，送她出宫，我自然交出兵符。你知道我不是傻子，霍家军镇守边关二十余年，我离京前早有打算，虎符留在边关，除非青桑去取，别人谁也休想拿到。哈哈哈哈。你不是要虎符吗？我告诉你，我若再不回边关，边关必乱。"

从燕山归来的第一天他就知道，南宫曜不会放过自己，亦不会放过霍家，只是他没想到南宫曜会如此卑鄙，不仅利用霍云威胁他把青桑送回宫，更是厚颜无耻地鼓动言官在青桑进宫后频频上折弹劾他私自带兵入京，而后又借霍云之事将他下狱。

"霍庭东！"南宫曜脸色一沉，忍不住冷笑，"霍庭东啊霍庭东，朕是该说你傻呢，还是死心眼呢？你并非霍云之子，你我心知肚明，你又何苦替霍家死守？饶是你再喜欢青桑又如何？她不爱你。"

是啊，青桑不爱他。

可那又如何呢？他这辈子只愿守着青桑，哪怕只是卑微地低到尘埃，哪怕她一辈子看不见。

南宫曜最恨看见他露出这种表情，那让他有一种自己所有物被他人窥视的感觉。他讨厌霍庭东，从第一次见面就不喜欢，也许别人不知道，可他如何能不知？

霍庭东看霍青桑的眼神包含了太多东西，多到随时都有溢出的可能。而他厌恶、讨厌，无法允许这样的人留在霍青桑身边。

"刘全。"他扭身看了眼刘全。

刘全点了点头，转身离开，不多时，一个穿着宝蓝色短褂子的中年男子随着刘全走进地牢。

那人看到霍庭东的瞬间微微愣了片刻，而后突然冲到霍庭东前面，咕咚一声跪倒在地："二皇子？是你，真的是你？"男人突然扑到他身前，一把抱住他的腿。

霍庭东身体猛地一僵，侧目看着南宫曜："你什么意思？"

南宫曜挑眉一笑："霍庭东，你就从来没怀疑过你的身世？你以为你真的就如霍云所说，是他手下已故副将的孩子？呵呵，可笑，霍云亦不过是个虚伪的小人罢了。"

"你究竟什么意思？"

"哈哈哈！"南宫曜朗声讥讽地大笑，"胡尔将军，还是你告诉他吧！"说完，他转身大步出了天牢。

出了天牢，冷风瞬间灌进领口，他下意识地缩了缩肩，目光幽幽地看着夙冷宫的方向，眸光里闪过一丝莫名的情愫。

"皇上！"刘全掌着宫灯从暗处走来。

"朕想一个人走走。"接过他手里的灯，身后的天牢里突兀地传来一声大叫，给这静谧而幽深的夜增添了几分阴森，"去吧，把胡尔的尸体收了吧！"

"皇上。"

刘全还想说些什么，南宫曜及时打断他的话："朕早料到他会杀了胡尔的，他放不下那个人，便也不可能让自己站在那个人对立的位置。"对于霍庭东，这一刻，他甚至是嫉妒的，换成他，他绝对做不到。

"可是皇上不是要离间他和皇后吗？"刘全不解地问。

当年西域和大燕交战，战争前后持续了八年，霍云在最后一次战役中手刃了当时作为大将军出征的西域太子摩尔，当时太子在云州与一名女子生下一个孩子，云州城破，霍云在摩尔当时的住所找到了一个七岁的男孩和一名已经自缢的女子。那男孩便是后来的霍庭东，而胡尔正是当时太子府的护卫，云州破城后便逃走了，皇上可是废了好大的力气才找到他。霍庭东当时年少，但他的五官却有几分像摩尔，这么些年世人都看出霍庭东的五官越发有几分西域人的深邃，却无人刻意去探究他的身世，没人愿意去惹如日中天的霍家。

"不。"南宫曜的脚步微微一顿，背对着刘全，"朕只是让他知道，他配不上皇后，连默默守护她的资格都没有。"紧抿的薄唇勾出一抹清浅的笑，一阵冷风吹过，便仿佛把这清浅的笑容冻结在脸上。

刘全看着他渐渐离去的背影，心中总觉得有什么呼之欲出，却又想不明白，忽然，脑中仿佛有什么一闪而过。

难道，皇上这是在吃醋？

凤冷宫里。

一灯如豆，内室的炭火盆子里，因劣质炭火的燃烧发出噼里啪啦的声响，火光忽明忽暗。床上的霍青桑睡得并不安稳，她抱着不算厚实的棉被缩成一团。

虚掩的窗被轻轻推开，昏暗中，一道紫色的身影悄悄地来到床前。

素白修长的手从宽大的袍袖里伸出来，轻轻覆上她略有些冰凉的脸，微敛的眸子中带着一丝晦暗不明的情绪。

"你可是真的不记得我了？"南宫曜呢喃，语气中却带着一丝从未

有过的寂寥。床上的人自然不能给予他任何回答，而他亦不需要，他只是不想她离开，即便他知道她要什么，而他从来给不起。

"嗯！"许是太冷了，她缩着身子越发往墙角里缩。

晦暗的眸子微敛，静默的空气里传来她清浅的呼吸声。他长长叹了一口气，轻轻掀开被子，钻入锦被之中，伸手从她背后轻轻将她揽进怀里。

寒夜里突然的温暖总是那么让人眷恋，她几乎是下意识地往炙热的源泉贴过去。

火盆里依旧发出噼里啪啦的声响，屋子里充斥着一股淡淡的劣质碳燃烧后散发的呛人味道。南宫曜不自觉地挑了挑眉，想着是不是该整顿整顿内务府，让那帮阉人不至于这么明显地踩低捧高，她毕竟还是皇后。

"嗯。"察觉到怀里的人儿再次梦呓了一声，他低头看了看她，薄唇情不自禁地轻轻印在她白皙的额头上。

"渴，杨嬷嬷，水。"她似乎并没有醒来，只是浑浑噩噩地喊了一声。

南宫曜忽而一笑，也不知自己何处来的闲情逸致，竟然小心翼翼地翻身下床，去床边的桌上倒了一杯茶。

茶水被从窗口缝隙灌进的冷风吹得冰凉，剑眉挑了挑，他低头看了眼床上蜷缩成一团的人，无奈地叹了口气，将茶含入口中让它变暖了，再俯身渡进她微启的口中。舌尖轻轻刷过她柔软的唇瓣，触感柔软而甘甜。他诧异地看着她，心脏传来一阵莫名的悸动。她从来都是骄傲的、冷漠的、嚣张的，他从未想过她也有如此羸弱的时候，单薄娇小得仿佛轻轻一碰就会碎了。

目光不经意地扫过她轻轻搭在被子上的右手腕，心又仿佛被一只无形的大手狠狠地捏住了，很疼。

他轻轻喘息着，右手紧紧捂住胸口，那种痛让他无所适从。

3 产子

夙冷宫的梅花落了，积压了一整个冬天的厚雪融了，便是角落里那株茶花也未能熬过这个冬天。

霍青桑把枯萎的茶花抱出大殿，暖洋洋的阳光从枝头树梢洒下斑斑点点的痕迹，在青石板上装点了些许春趣。

"杨嬷嬷。"她轻唤了一声，未能得到回应，心中忽而升起一丝不安。

"杨嬷嬷？"她又唤了一声，月亮门处传来匆匆的脚步声，一名十二三岁的小宫女跌跌撞撞地跑进来，脸上还带着未干的泪痕。

她认得这是负责夙冷宫洒扫的新晋小丫鬟流白，平素跟杨嬷嬷关系挺好，杨嬷嬷也颇为照顾她。

"娘娘，娘娘不好了，杨嬷嬷，杨嬷嬷她出事了。"流白苍白着脸扑到霍青桑脚下。

"慢点说，怎么回事？"

　　"杨嬷嬷今早去内务府领做春裳的料子，结果冲撞了雅芳殿的大宫女，打翻了德妃娘娘的参汤，这时候德妃娘娘正要临产呢，那大宫女说，杨嬷嬷是为皇后抱不平，故意打翻德妃娘娘顺气的参汤，要谋害皇嗣，现在被抓到雅芳殿跪……"

　　"跪什么？"

　　流白"哇"的一声吓哭了："跪火炭，娘娘再不去，嬷嬷，嬷嬷恐怕……"话音未落，霍青桑脸色一白，提着裙摆冲了出去，未来得及看见流白眼底一闪而过的笑意。

　　雅芳殿外。

　　杨嬷嬷被人按在大殿外的长凳上，两个内务府的宫人正轮流打板子，也不知打了多少下，杀威棍上都染了一层血，杨嬷嬷气若游丝地趴在凳上，听见霍青桑的声音才缓缓睁开眼："娘娘，您快回去，回……回去，没圣旨……不可出夙冷宫啊！"

　　霍青桑脸色青白地冲过去一脚踹开行刑的宫人，夺过他手里的杀威棍狠狠地朝另一个宫人身上打："滚！谁准你们打夙冷宫的人的？谁准的？"她红着眼睛把杨嬷嬷从长凳上扶下来。

　　这时，雅芳殿里传来一阵阵女人的尖叫和嘶喊声，血水跟着一盆一盆往外端。

　　"这都过去两个时辰了，也不见孩子生下来，可怎么办啊！"两个太医局的医女从殿内出来，一边走一边担忧地说着。

　　"皇上说了，若是娘娘有什么闪失，太医院的人都别想好过。"说完，两人匆匆离去。

霍青桑身子一僵，只觉得排山倒海的疼瞬间蔓延全身。

"娘娘，娘娘，咱们快回去吧！"杨嬷嬷虚弱地唤了唤失神的霍青桑。

是啊，总该要回去的啊！

"等等。"刘全气喘吁吁地从雅芳殿内跑出来，见到霍青桑的时候显然微微一愣，然后连忙冲过去，"娘娘，正好您来了，德妃娘娘要见您呢，您快跟奴才去吧！"

"呵！"霍青桑冷笑一声，"你们娘娘生孩子关我什么事，我又不是稳婆，看到我就能生了？"

刘全愣了一下："哎哟，我的娘娘啊，皇上下了旨，请您去看看吧！"说着，使了个眼色给身后的两个宫女，两个宫女连忙上前拽着霍青桑就往雅芳殿跑。

霍青桑微敛着眉，只得随着两个宫女进了雅芳殿。一进大门，一股子扑鼻而来的血腥味让她连连皱眉。南宫曜沉着脸坐在外室，见她进来忙站起身："皖儿要见你，你去看看吧！"

"呵！我凭什么要见她？不会又是梦见毒蛇了，还想再次陷害我不成？"她侧目躲开他的视线，心脏跳得好快好快，那股子疼快要控制不住了。她紧紧地咬着牙，看着内室紧闭的大门，里面女人的嘶喊声断断续续，撕心裂肺。

"霍青桑！"

"怎么？要杀我？还是也打我一顿板子？"霍青桑咯咯直笑，目光挑衅地看着对面的南宫曜，"里面躺着的是你的女人，生的是你的孩子，本宫心情不爽，不想去见她。"说完转身就走。

"霍青桑，你别忘了，你在天牢里还有个爹。"

"南宫曜！你威胁我？"

"那又如何？"南宫曜猛地站起来，一把掐住她尖尖的下巴，"霍青桑，不是只有你姓霍的会威胁人，别人也会。"

霍青桑倔强地看着他，坚毅的眸子里燃烧着愤怒的火焰。

南宫曜直直看着她，心脏"怦怦"狂跳着。

又是这种感觉，心脏完全不受控制地跳动，目光更是无法从她脸上移开，他好似看到好几年前的她，那时的她还没进宫，那时的她总是用这种傲气的眼神看着他，而他总是狼狈地逃开，那时的他还太软弱，还撑不起整个江山，在这吃人的皇宫里苟延残喘，他连站在她身边都会有一种极其不自在的感觉。

她总是用那种高高在上甚至是怜悯的眼神看着他，在他终于登基为帝后，他想要向她证明，他才是这世间的王者，他可以主宰一切，甚至是她。

然而他忘记了，他再强悍又如何？他心里其实比谁都清楚，他要折了霍家的翼，他要断了霍庭东的念，是因为他怕，他怕霍家给予他的一切终有一日会被夺走，怕霍庭东将她抢走。

他不能容忍那种可能，他不知道自己爱不爱她，他只是不能容忍，不能容忍她投入别人的怀抱，她那么千辛万苦地得到他，不应该把全副心思都放在他身上吗？

他开始觉得愤怒，并本能地想要抓住她，哪怕折了她的羽翼。

霍青桑从没见过这样的南宫曜，他的眼神里藏了太多东西，仿佛有什么呼之欲出。她突然有些不安，猛地从他手下挣扎出来，狼狈地往内室跑："我进去看她。"

一进门便闻到一股浓郁的血腥味，巨大的黄花梨大床上拉着帷帐，不时有女人断断续续的嘶喊声从里面传来。

"她来了吗？她来了吗？本宫要见她，见不到她本宫不生。啊啊啊啊！"苏皖歇斯底里的嘶吼从帷帐后传来，霍青桑微微挑了挑眉。

"皇后娘娘。"接生的老嬷嬷见霍青桑进来，连忙拉开帷帐朝里面喊，"德妃娘娘，皇后娘娘来了。"

苏皖此时的神志已经不甚清醒，双腿被医女和嬷嬷架得高高的，可孩子的头始终没露出来。

霍青桑缓缓走过去，低头看着这个一脚迈进鬼门关的女人。

感觉到有人挡住了光线，苏皖恍惚地睁开眼，看见霍青桑的瞬间突然大声疯狂地笑了起来："哈哈哈，哈哈哈，霍青桑，啊啊……好疼。你……你来了。"

"你有什么要跟我说的？"霍青桑狐疑地看着面前这个女人，心里突然生出一种陌生而慌乱的感觉，她甚至有种想要转身就逃的冲动。

"不要，不要走。"苏皖咬着牙用尽所有的力气抓住霍青桑那只废

掉的右手，"啊，啊啊啊，我……我有话……说。你……你过来。"

霍青桑低头看了眼已经快要神志不清的苏皖，有那么一瞬她甚至想，这种时候只要自己稍稍动一下手脚，这个女人就活不了了，可她终究没有，她静静地看着苏皖高高隆起的腹部，缓缓地低下头。

苏皖苍白的唇微微勾出一抹笑，在她凑过去的瞬间轻轻开口："霍青桑，你……你真傻，你以为皇上会……会放过你们，不……啊啊，好疼，哈哈，你想……想得美。你以为你爹还活着？哈哈……啊啊啊……好疼。"

霍青桑的身子一僵，脑中仿佛有什么一闪而过，她难以置信地看着疯狂地大笑又大哭的苏皖。

"你爹……早……早死了，霍庭……东也早就被……关在大牢里了……啊啊啊啊！哈哈哈……"说完这最后一句话，苏皖仿佛完成了她所有的任务，身体猛地一僵，同时感觉到下身一空。

"哇哇哇哇！"

"啊，恭喜皇上，是个小皇子！"

"是个小皇子！"

……

南宫曜冲进来的时候，便看见霍青桑苍白着一张脸站在大床旁边，苏皖已经昏睡过去，孱弱的孩子用襁褓包裹着，被一个老嬷嬷抱在怀里。

"恭喜皇上，是个……"

老嬷嬷的话被霍青桑的尖叫声打断，然后便是歇斯底里的尖锐的笑声。

她爹死了？

她爹死了？

不，不！

"南宫曜，南宫曜！"霍青桑觉得这一瞬间，支撑她活下去的天都塌了，从来没有哪一刻，她如此地痛恨自己，痛恨自己这么些年那卑微的感情。

南宫曜神情一暗，一把抱住神志有些恍惚的霍青桑："青桑，你听朕说，你爹他……"

"是你，是你对不对？"她猛地将他推开，目眦欲裂地看着他，"为什么？为什么？为什么你就是不肯放过他们？南宫曜啊南宫曜，你要恨就恨我一个人好了，当年是我逼你把苏皖送去西域的，是我是我！是我傻！是我痴心妄想！你的心根本就是冰的，焐不热的。你根本不是人！"

她疯了，她觉得自己什么都没有了，心里的那种绝望比烨儿死的时候更甚。这到底是一场笑话，她不该爱上这个人的，不该的啊！

南宫曜担心地望着她，许久许久，直到胸腔里的那颗心已经冷得不能再冷，他才艰难地开口："青桑，你没有失忆，你没有失忆对不对？"他痛苦地看着对面的女人，"看着我像个傻子似的被你耍得团团转，你很开心吗？霍青桑，你说啊？"

　　"你要我说什么？你要我说什么？"眼泪决堤，心如死海，她还能说什么？

　　"我错了，我错了，一切的一切都是我的错，哈哈哈，我的错。"她突然疯了一样冲到桌案前，一把抓起剪刀便朝他冲过去。

　　"皇上！"

　　"救驾！"

　　"噗！"利刃没入肉体发出的声音闷闷的，短暂得让人以为那只是幻觉。

　　是幻觉吗？是吗？

　　南宫曜愣愣地看着面前的霍青桑，殷红的血染了他身上的长袍，温热的液体一滴一滴落在冰凉的石板上。

　　"不！青桑！宣太医，宣太医！"

　　不要，不要死，青桑，不要。

　　他疯了似的轻轻推开霍青桑，她根本不是要杀他，她是要在他面前杀她自己，她要杀死她自己！

　　"霍青桑，朕不许你死，不许！"

第六章 最难揣测帝王心

1 离心忘川

人死了是不是真的要过忘川水，喝那孟婆汤？如果是，那她是不是就能忘了那些疼？那些爱而不得？那些负与不负？

"青桑！青桑！"

谁？谁在叫她？那么熟悉，那么急切。

呵呵，可是她都死了，都死了还叫她做什么？喝了孟婆汤，过了忘川水，一切的一切便都无所谓了，包括那个人。

"青桑，朕不准你死，你若是死了，朕要霍庭东陪葬，千刀万剐，五马分尸。你若连他也舍得，你便去吧！"

不！不要！

"青桑，朕从来不说妄语，你知道的，朕说不准你死，你便不准死！你佯装失忆把朕玩弄于股掌之间，朕怎会让你轻易死去？霍青桑，你醒来，你给朕醒来！"

何苦呢？为什么还不放过她？为什么？为什么？她不明白。可她在这人世最为放不下的人便是哥哥，她欠了他太多，多到这条命都未必能还得上。若不是她，他又如何会贸然回京？如果不是她，他又岂会被南宫曜借故囚禁？

本已飘零的身体仿佛被一股巨大的吸力拉扯着，入骨的疼，排山倒海般汹涌而来。

"青桑！青桑！"南宫曜一把拉住她略显冰凉的手，"你醒了？"

霍青桑冷冷地看着他，张了张唇，却什么都未能说出口。不是不想说，是无话可说，如今走到这般地步，他们二人已经没有办法再回头了。

"为什么不说话？"他忍不住苦笑，"真的已经到了无话可说的地步吗？"他整整守了她三天三夜未曾合眼，他无数次想过她醒来时的情形，他想过要解释，想过要好好对她，想过哪怕她砍他一刀他也无怨，毕竟他确实伤了她，可他从未想过，会是彼此相对无言的局面。

是呀，那么多他自以为是的伤，如何能当它们不存在呢？

或许从很久以前，他们彼此便已经越离越远了，而他不过是强留她在身边而已。她是他心里的一根刺，已经扎在心里那么多年，跟心都长在一起了，拔不出，也化不掉，只能任由她在他心里不断地生根发芽，不断地刺痛他，让他没日没夜日地忍受那种钝钝的疼。

"因为无话可说？因为恨我？"他忽而一阵冷笑，笑得眼眶都湿润了，"霍青桑，你可是尝到了我当年的滋味？"分明是报了仇，却为何心口这般疼？看着她苍白的脸，想到她倒在他怀里的那一刻，恍惚间才觉得胸腔里的那颗心一下子坠入冰窖，亦才知道什么才是真的恐惧。

惊惶，恐惧，悔恨，更多的是无能为力，他以为看见她痛苦他才能开心，可到底是从什么时候开始，他折磨她的同时更是在折磨自己？到底是什么时候开始，他已经习惯她的存在，再无法想象没有她的日子会是怎样？

他就像是一头困兽，被困在自己编织的牢笼里，总是在不断挣扎，不断伤害，却又无法停下脚步。

"说话！为什么不说话？"他疯狂地喊，似乎只有这样才能舒缓心里的痛，才能让她听见。

他知道这世上没什么是她所留恋的了，自己已不能，可是霍庭东能！直到此刻他不得不承认，他不敢杀霍庭东，他不敢，他是怕她恨他，真真正正的恨。

他没想到霍云会死在牢中，他不敢告诉她，他傻傻地以为假冒霍庭东给她送消息便能瞒住她，可这天下又哪里有不透风的墙呢？他甚至可以想象得到是苏皖在生产那一刻告诉她的，可他又能如何？他欠苏皖太多了，如今她又有了自己的子嗣，他能怎么办？

霍青桑冷冷地看着他露出懊悔的表情，心底却再也不能升起一丝波澜。她扭头不愿再看他一眼，这个男人，她爱了那么多年，爱到几乎低到了尘埃里，现在，她已经再也不能爱他了，这份爱太过于沉重，她无力再承受了。

"好，好，好你个霍青桑。我倒是要看你能硬到什么时候？"他愤愤地离开，脚下的每一步都重如千斤。

入了早春，舒兰殿院子里的雪已经融了。今日宫里出了那么多的事，就在众人以为皇后娘娘已经彻底失宠的时候，德妃娘娘产子那日皇后娘娘大闹雅芳殿，没想到竟然莫名其妙复宠了。

南宫曜一下早朝就直奔舒兰殿，素衣一推开门，便见他沉着脸冲进来直奔内室："吃了吗？"

"回皇上，娘娘不肯吃。"素衣担忧地看着床上的霍青桑，心底忍不住长长叹了一口气。明明是两个互相在意的人，却为何要不停地互相折磨呢？

"给我。"接过素衣手里的粥，南宫曜撩开珍珠帘进了内室。

桌上的熏笼里燃着淡淡的香，霍青桑就那么了无生趣地躺在那张过于宽大的床上，整个人埋在被里，没有一丝生气。

他恼怒地看着她："为什么不吃东西？"

她微微侧目，不发一语。

"青桑，你信不信，你一日不吃东西，我便一日不给霍庭东吃，你若死了，我便将他千刀万剐，霍家军也一样！"他微敛着眉说得云淡风轻，温热的大手却温柔地轻轻抚摸她苍白的脸颊。

她瘦了，这样的霍青桑几乎看不出当年的样子，他心疼，却也知道，两个人之间到底是无法回到从前了。这几日他夜里总是梦魇，梦见她真的抛下他离开，这皇宫里已经没有什么值得她留恋的了。以前还有个他，现在，她怕是只能更恨他而已。可他不想放手，也不能放手。

他静静地望着她，把汤匙递到她嘴边："吃吧！"

她望着他，却仿佛在看着一个陌生人："我想见他。"

举着汤匙的手一僵，他道："霍青桑，我只答应你不杀他。"

"我要见他。"她已经不能信任他了，除非看见一个活生生的霍庭东，否则她谁也不信。

"啪！"青花瓷的粥碗摔在地上，碎裂的瓷片飞溅，在他的指尖划

破一道血痕。

"青桑，不要得寸进尺！"他冷冷地看着她，身侧的手紧了又紧，"素衣，去御膳房再拿一碗粥，若是皇后再不进食，舒兰殿的奴才自己去内务府领二十板子。"说完转身拂袖而去。

他不能留，留在这里他怕控制不住自己去伤害她。他嫉妒霍庭东，妒恨她把霍庭东放在心里，他甚至不知道自己这嫉妒从何而来。

看着他消失的背影，霍青桑缓缓从床上坐起来。

"娘娘。"素衣连忙把靠枕送到她身后，担忧地看着她，欲言又止。

"去吧，我饿了，我不会死的。"

她低敛着眉，素衣看不见她此时的表情，或者说，看不透她的心。

"是，娘娘。"素衣转身离开。

空荡荡的内殿里又恢复安静，熏笼里的香袅袅升起，模糊了她的视线，恍惚中，她好似又回到了苏皖生产的那日。

天知道那一刻她该把剪刀刺进他胸口的，可是她不能啊！她连杀他的勇气都没有。这天下，霍家可以死，霍青桑可以亡，却唯独国不可无君。想来可笑，即便是那种时候，她还记得忧国忧民——忧他的国、忧他的民。

一个人爱另一个人可以有多爱？或许便是她这样吧！忍不住自嘲地冷笑，不知不觉间已是泪流满面。如果可以，她宁愿此生不识南宫曜，她宁愿一生留在边关，哪怕马革裹尸。

这一夜，乾清宫里的宫人谁也没有入睡，皇上从舒兰殿回来后砸了乾清宫里所有能砸的东西，刘全从来没见过这样的南宫曜，就像一只受伤的困兽，只能不停地挣扎，毁灭周遭的一切。

"刘公公。"雅芳殿的宫女进了乾清宫，脸色有些不好。

"怎么了？是雅芳殿那边有事？"刘全小心翼翼地问，望了眼内殿的方向，忍不住长长地叹了口气。

那宫女点了点头，从袖口掏出一只荷包塞进他手里："小皇子昨日染了些风寒，娘娘害怕，差小人来请皇上。"

刘全一愣，心想这德妃娘娘终于也坐不住了，自从那日生产后，皇上这几天来一直在舒兰殿守着皇后，连刚出生的小皇子都未去见上一面，更遑论赐个小名。恐怕风寒是假，邀宠才是真。

刘全小心翼翼地进去禀了德妃的意思，南宫曜挑眉望了眼窗外黑沉沉的夜色："摆驾雅芳殿吧！还有，明日你去刑部传旨，让苏牧把霍庭东放了，安排他见皇后。"

刘全一愣，暗道，这真是要放过霍家吗？可是……目光不经意地扫过脚边落在地上的一本折子，上面赫然写着"西南闽州楚郡王叛乱造反"，心下一惊，突然明白皇上为何要放了霍庭东了。

楚郡王是几个藩王中实力最强的一个，又是文武全才，领兵打仗自有一番本事，朝中虽有不少武将，可是能与楚郡王抗衡的，唯霍庭东莫属。皇上这么做，一来给了皇后面子，二来也解了燃眉之急，这帝王的心思，果然是百转千回的。

舒兰殿。

第六章　最难揣测帝王心

— 119 —

霍青桑已经用了三碗粥，一旁的素衣担忧地看着她："娘娘！您……"她只觉得娘娘这个样子比不吃饭更让人担心。

霍青桑凝眉看了她一眼，放下手里的碗："素衣，我从没想过死的。"

"啊？"素衣诧异地看着她。

霍青桑抿唇冷笑："我没想过死，也不会就这么死的。"她爹死因不明，霍庭东生死不明，她怎么会死？怎么能死？可那种时候她若是不那么做，便没有任何把握能见到霍庭东，她在赌，赌南宫曜会让她见霍庭东一面。

素衣不知她心中所想，只是忧心忡忡地看着她："那娘娘现在要怎么做？听乾清宫那边来的消息，今晚皇上似发了大火，把乾清宫砸得一片狼藉，现在人被德妃娘娘请走了，说是新生的小皇子染了风寒。"

染了风寒就将他叫了过去，那时她的烨儿早夭，他又在哪里呢？一想到那个冰冷的小人儿就那么青白着一张脸毫无生气地躺在自己怀里，她的心便仿佛被生生剜去一块那么疼。

烨儿，我的烨儿，你爹他此时可还记得你？怕是不记得了吧！这皇家又岂会缺一个孩子呢？

烨儿，我的烨儿！她静静地看着舒兰殿外灰蒙蒙的天，时光仿佛又回到了那一年夏天……

2 烨儿之死

"母后，母后？"烨儿推了推还在发呆的霍青桑，偷偷把一块桂花糕放进她面前的盘子里。

霍青桑回过神，低头看了眼作怪的小东西，伸手揉了揉他的发顶："烨儿，你把什么放在母后碟子里了？"

小家伙咯咯笑，软绵绵的身子在她身上蹭了蹭，伸出小胳膊搂着她的脖子，口齿不太清晰地撒娇："母后，烨儿要去御花园看烟火，你带我去看好不好？"

今儿是西域使臣来访的日子，南宫曜在宫中设宴，晚上在御花园还有盛大的烟火晚会。烨儿虽然只有两岁半，但从小聪慧，两岁的时候已经能像模像样地跟着霍青桑背诵《三字经》，《弟子规》，有时说话做事俨然像个小大人一样了。

宴席还没有结束，霍青桑自然不能这么早擅自离席，便笑了笑，吩咐身后的奶娘带着烨儿去御花园看烟火。

十五年前，镇国将军霍云大败西域并斩落西域太子的首级后，西域与大燕议和，两国结永久盟邦之交，此后每隔三年，大燕和西域都会互相派送公主或是贵女往来和亲。

三年多前，霍青桑逼迫南宫曜将苏皖送到西域，三年后的今天，霍青桑亲自选了朝中一名贵女赐封郡主，打算嫁到西域和亲，今晚的重头戏便是为那名贵女赐封。

过了三更，御花园上空开始有烟花绽放，宴席已经结束，众人纷纷离席前往御花园。

霍青桑走在南宫曜身后，后面便是西域的使臣。行至御书房回廊间，刘全上前说靖州府尹来报，淮南发洪汛，汛情凶猛，请皇上移驾御

书房商讨对策。南宫曜吩咐陪同的几位大臣好好招待西域使臣，就随着刘全匆匆离去。

御花园的上空被绚丽的烟火点亮，整个夜幕亮如白昼，霍青桑心里却忽然涌上一丝不安，她下意识地在人群中寻找烨儿和奶娘，却始终没有发现两人。

"素衣，你去找找，看看奶娘和烨儿在哪里？不知为何，心里总感觉有些不舒坦。"她当时已有了预兆，只是没想到事情发生得那么突然，直到很多年后她才知道，命运生死之事，从来是由不得自己。

素衣转身去寻，很快消失在拥挤的人潮中。

姹紫嫣红在头顶绽放，映衬得整个御花园仿佛变成了幻境，美得那么不真实。她踩在松软的草地上，感受着夏夜里吹来的一阵阵沁凉的风，心思飘得老远……

"不好了，有人落水了！不好了，小皇子落水了！"宫人尖锐的嗓音划破夜空，霍青桑连想也没想，循着那宫人的声音跌跌撞撞地往湖边跑。

烨儿，烨儿！你千万不要有事！

她不知道老天有没有听见她的声音，或许没有吧！

当看到烨儿双目紧闭、脸色青紫地躺在松软的草地上时，她几乎连呼吸的力气都没有了。

"烨儿，烨儿！我的烨儿！"她疯了一样撞开人群，冲过去抱住还那么小的孩子。刚刚，就在刚刚他还那么调皮地把不爱吃的桂花糕放进她的碟子里，就在刚刚他还在撒娇地叫着她母后，就在刚刚，刚刚都还好好的。

"不，烨儿，烨儿你醒醒！"她一遍一遍地挤压他小小的胸口，一遍一遍地对着他的嘴吹气，可他为什么还是这么冰冷？为什么？

"我的烨儿，烨儿！"

太医挤过人群，南宫曜立即赤红着眼睛朝太医大吼："我要烨儿平安无事！"

"娘娘，把小皇子给老臣吧！"老太医伸手抱过烨儿，可他知道，这孩子是真的救不活了，脉搏没有了，浑身已经发凉。

御花园里乱成一团，几个太医把烨儿抱进舒兰殿的时候，尸体已经冰凉了，没有一丝温度。

"请皇上、皇后娘娘节哀，臣等已经尽力了。"

"不！"霍青桑冲过去一把推开太医，伸手将小小的人儿抱在怀里，"我不信，我不信！他不会死，不会死！他还那么小，他那么聪明，他不会死，不会死的！"她一遍一遍地说，感到一种深深的绝望，仿佛有人生生把她的心用力扯下一块。

她紧紧地抱着她的烨儿，失神得完全感知不到周围的一切，她不敢松手，怕松手了，烨儿就真的走了。

"烨儿，你没事的，对吗？烨儿，你醒醒，母后给你做最爱吃的马蹄饼。你不是说你长大了要像外公和舅舅一样做保家卫国的大将军吗？你不是要为你父皇保护大燕国土吗？你不是还有好多好多的事儿没做吗？烨儿，你醒醒好不好？"

"青桑，你别这样，烨儿他……"南宫曜心疼地看着她和她怀里的

孩子，心仿佛被人狠狠地捏住，疼得快要不能呼吸。

从烨儿出生起他就不喜欢这孩子，烨儿的存在只能一再地提醒他，霍家不除，他永日不得安宁。可即便是不喜欢，他也从没想过，那个小小的孩子就这样悄无声息地没了。

他愣愣地看着霍青桑抱着烨儿，张了张嘴才发现自己竟然什么安慰的话都说不出口，只是眼眶发涩发红，垂在身侧的手重重地打在床头小几上的铜镜上。

"给朕去查，烨儿到底是如何落水的！"他的目光未曾从她身上移开过……

"娘娘，娘娘，您怎么了？"

素衣焦急的声音打断她的思绪，回过神才发现手中的青花瓷碗被生生捏碎，碎裂的瓷片刺进肉里，张开手，血肉模糊，却又感觉不到疼。

是的，肉体的疼如何抵得过心底那惊涛骇浪般永不止息的绝望和痛苦？

素衣一边拿帕子按住她的手，一边差人去太医院寻太医。

"娘娘是想起小皇子了？"素衣担心地问。皇后娘娘有些反常，可她又说不出哪里不一样。

"是啊。"她抿唇苦笑，"走了也好，若是不走，这诡谲莫测的宫闱是何等的凶险，他父皇如此容不下霍家，他在这宫中也必是活得如履薄冰。"这是他的命数，亦是他们的命数。

"素衣，你可还记得当年烨儿是如何落水的？"她突然出声问道。

这几天她总是做梦梦见烨儿，梦见那个可怜的孩子浸泡在冰冷的湖水里，他是那么渴望活下去，可是为什么没有人救他？为什么？

素衣想了想："奴婢也记得不清楚了，只是后来皇上查了，当时湖边亭子里有几个太监值夜，说是隐约听见奶娘的求救声，但是都没看见小皇子是如何落水的，等人赶到出事地点，小皇子和奶娘都已经沉下去了。后来当晚那几个太监都被皇上处死了。"

"是吗？后来刑部断定是失足落水的吧！"她略一皱眉，似乎发现了蛛丝马迹，"你可还记得，当晚贤妃娘娘似乎并没有出席晚宴。"

"奴婢记得，好像是得了风寒便没有去。"素衣道。

"那风寒倒是来得巧。对了，可还记得贤妃是什么时候死的？"她忽然想起什么，却不敢深思。当年贤妃父亲是京津卫的统领将军，与霍云算得上是夙敌，两个人不仅在朝堂上斗来斗去，在后宫，贤妃一直兴风作浪，不仅害了几个怀了龙子的妃子，与她也多番算计，当时她便怀疑是贤妃做的，却苦无证据，只得把那份悲痛生生咽进腹中。

"奴婢记得，好像是……好像是第二年。等等！娘娘，好像正是小皇子周年的那天。奴婢记得那天下了很大的一场雨，贤妃突然就去了。然后不出半个月，贤妃父亲也被弹劾有谋反之意被皇上革职了。不出三个月，当时很是嚣张的贤妃一族就完全败落了。"

是啊，败落得那么快，快得让人有些不敢相信。

她长长地叹了口气，又问道："我记得，贤妃娘娘自烨儿去了那天之后，身上的风寒便一直不见好转，直到故去都没离开过她的兰花殿一步吧！"

素衣点点头："好像是这么回事。"说完，狐疑地看着霍青桑，"娘娘，您到底是什么意思？难道怀疑是贤妃娘娘害了小皇子？"

霍青桑凤眸微眯，好长时间没再说话。

3 等我

转眼便到了小皇子的百日宴，霍青桑的身体恢复得很快，南宫曜这段时间很少涉足后宫，即便是来了，也甚少来看霍青桑，想必是上次被气得不轻。

雅芳殿今晚给小皇子设百日宴，南宫曜为小皇子赐名南宫乾。

霍青桑听了素衣回来的禀报，心中冷笑："好一个南宫乾，乾坤在手，看来他有意立这个孩子为太子啊！"说完，一口鲜血呕了出来，把素衣吓得连忙冲过去扶住她颤抖的身子："娘娘。"

"我没事。"她闭了下眼，我可怜的烨儿，这个时候，你那父皇是否还会想到你呢？怕是不能吧！

偌大的宫殿里静谧得没有一丝声息，她失神地望着窗外。枝头的桃花已经开了，满目的水粉，在薄雾中显得格外娇嫩。她伸出手，才猛地发现，右手已经萎缩得不成样子，薄薄的皮肤包裹着扭曲的骨头。她想起那日在燕山为救苏皖挡的那一刀，心口遽然生疼。

"启禀皇后娘娘，刘公公来了，在殿外候着呢。"殿前的大宫女进来通报。

霍青桑一愣："这时候他不在雅芳殿伺候皇上，跑来舒兰殿干什么？宣进来吧！"

大宫女退出不多时，刘全单手托着拂尘走进来，身后还跟着一个太监打扮的高大男子。

"给皇后娘娘请安，娘娘金安。"刘全请完安，扭身看了眼身后的人，附在他耳边说了什么，便径自出了舒兰殿。

素衣狐疑地看着刘全离开，刚想说点什么，霍青桑挥了挥手："你带着宫人都下去吧！"

素衣担忧地看了她一眼，带着宫人悄悄退出了舒兰殿。

偌大的宫殿一下子就静谧下来，霍青桑眼眶突地一红："哥！"

"青桑！"霍庭东猛地抬起头，消瘦的脸上颧骨凸起，脸苍白得没有一丝血色。他眼眶微红，几乎用了所有力气克制住自己才没冲过去将她紧紧地抱进怀里。

时间仿佛凝滞在了这一刻，她定定地看着对面饱经风霜的男人，不敢去想象南宫曜对他做了什么，只知他还安好，还活着便已是万幸。

"爹爹他……"她未能说出口，那疼太过于沉重，她竟然说不出口，只能悲切地看着他，内心里希望他能告诉她，爹爹还好好的，还活着。

霍庭东沉默不语，身侧的手紧了又紧，殷红的血瞬间从指缝间溢出。

"是真的，对不对？"她颓然跌坐在地，再也抑制不住地放声大哭起来。

"青桑。"他心疼地看着她，走过去想将她抱在怀里，伸出去的手却终究没能碰到她颤抖的肩。她在宫中的处境已是如此艰难，在他还不能平安地将她从这泥潭中救出的时候，他还能做什么？

南宫曜既然敢放他来见青桑，暗中必然有人监视，他不能不顾她的处境，与她过于亲近。

"爹爹去了，皇上将他安葬在霍家的宗祠。"

"爹爹他，他是如何去的？"她深深地吸了一口气，猛地抬眼，眼中带着一抹恨。

霍庭东心尖一抖："说是染了极其严重的风寒，旧疾复发。"

"风寒？"霍青桑一阵冷笑，"爹爹身体一向健朗，怎么可能说死就死？是他动手的是不是？"

霍庭东沉默地摇了摇头，好一会儿才道："不是。"

"不可能！"

"青桑。"霍庭东长长地叹了一口气，"他想要的是霍家的兵权，虎符他还没有得到，霍家军只认虎符不认人，他没必要在这个时候杀爹爹。"

是啊，如果是那个人要杀爹爹，何必在牢里暗中杀掉，大可以明目张胆以通敌罪名处死，他要的，从来就是军权。

"青桑。"霍庭东缓缓蹲下身，目光与她平视，声音里带了一丝说不出道不明的情愫。

霍青桑心里一惊，这么些年她不是不知道他对自己的情谊，可她从来只把他当哥哥对待。他的情太深刻，太奢侈，她不能要。

仿佛知道他要说什么，她突然觉得惊慌，怕他一出口便打破她心里的平静。

"哥！"她重重地喊了一声，"别说。"

霍庭东脸色一白，胸口仿佛被人狠狠地锤了一锤子，难以置信地看着她，原来，原来她从来都知道自己的心意，只是她不能回应，便一直装作不知道。

霍青桑看着他失神绝望的表情，心里亦如同在油锅里滚过一遍般难受。她都是为了他好，她与南宫曜纠缠了这么多年，实在不能再把他卷进来了，他配得上更好的女子。

"青桑。"霍庭东痛苦地看着对面消瘦了许多的女子，突然间觉得有什么正一点点从生命中抽离，再也无法圆满。

沉默，好长时间的沉默，他终究无奈地苦笑出声，突然倾身抱住她孱弱的身子，薄凉的唇印在她额间，用温柔得几乎能滴出水的声音轻声在她耳边道："等我。"

说完，他猛地从地上站起来，朝殿外的刘全喊了一嗓子："刘公公，带我去见皇上吧！"

刘全沉着脸进来，见到满脸泪痕跌坐在地上的霍青桑，心中一凉，暗说，难道霍庭东真的喜欢皇后娘娘不成？不然怎么两人一见面便这般生离死别的模样？

"走吧！"霍庭东率先走出舒兰殿。

霍青桑依旧失神地坐在冰冷的青石板地面上，左手握得死紧，掌心捏着一颗蜡丸。

直到过了一盏茶的工夫，确定隐在暗处的暗卫都已经离去，她才小心翼翼地打开蜡丸，从里面取出一张素笺。

素笺上只简短地写了几个字，却足已让霍青桑心惊。

　　吴越竟然是已故西凉国主的私生子，难怪他身上有那么多谜团，难怪他会那么巧合地出现在燕山。西凉国主子嗣稀薄，除了废太子外只有一个不成器的儿子，且从小就是个痴儿，当时太子被废，天下人无不暗暗猜测，这西凉国主到底是什么意思？难道真要立那个傻子当国主？如今想来，怕是早就有意栽培这个私生子，而当时的太子洞悉了国主的意思，才贸然想要杀父谋反，没想到被西凉国主借此事废了太子之位。看来用不了多长时间，西凉国主必然会让吴越认祖归宗了。

　　西凉国的准太子出现在燕山，又有意结识自己和霍庭东，到底是什么意思？她想起自己遇见吴越身边小厮的那晚，越来越肯定，那家药铺也许就是他用来打探消息的一个秘密据点。

　　思及此，霍青桑心底不免一阵阵恶寒，那个一直压在心底的秘密和心结，此时仿佛被无限地放大，心底隐隐不安。

　　这朝堂的天是要变了，而她此时却从未有过的疲惫，这么多年她守着他，守着这份决绝的爱，已经谈不上对错了，而今，她不知道自己还能不能坚持下去……

　　这些天，忠义侯府嫡长女段林怡与霍庭东的婚讯几乎传得满城风雨，霍青桑原本以为当时南宫曜只是一时玩笑，没想到他是真的存了要毁了霍庭东的心思。

　　段林怡虽是忠义侯的嫡长女，却自幼丧母，后被忠义侯寄养在三姨娘身下。三姨娘本是一风尘女子，当年忠义侯贪其美色不顾嫡妻劝阻执意娶进门来，后生下一子，却是个娇纵的纨绔子弟。

若她没记错，段林怡今年芳龄十八，早先曾许过一门亲事，未婚夫却在成亲前三天暴毙，后有人传闻，段林怡克夫克子，上门保媒的人便渐渐少了。最近几年，忠义侯府日渐落寞，忠义侯原是打算要把段林怡交给中书省王大人家的公子做妾室的，没想到段林怡却突然传出与家中的教习先生有了私情，两人先后私奔未果，最后忠义侯派人把那教习先生活活打死，段林怡寻死未果，便再也不肯出闺阁一步。

且不说段林怡品行如何，单是一个心有所属的人，强行将她与霍庭东绑在一起，又何来幸福可言？

霍青桑气得当场砸了乾清宫刚刚送来的一只玉如意，踹开刘全就往乾清宫跑。一路上，她觉得自己整个人都快被烧着了一样。他到底要如何才肯罢休？

御书房里，南宫曜轻轻合上手里的折子，目光微敛地看着下面站着的追云，好一会儿才道："楚郡王那里可有什么动向？"

"楚郡王暗中勾结了湘南王一同谋反，并纠集了十万乌合之众于淮河以北称王。"追云一一回报，偷眼看着上首的帝王。

"霍庭东那里呢？"

"已经点兵了，边关现在战事稳定，调遣部分军队开往淮河不是问题，京中亦可抽调部分军队分两路赶往淮河。"

南宫曜沉吟了一声："现在情况紧急，赐婚的事，只能延后再说了。"然后他看了一眼追云，"你怎么看霍庭东？"

追云一愣："皇上什么意思？"

"你觉得他会不会勾结楚郡王和湘南王，倒戈相向？"南宫曜抿唇

冷笑，"当年东吴的赫连将军不就是冲冠一怒为红颜，彻底反了东吴吗？"话音刚落，握在手里的朱漆笔"啪"的一声断为两截。

追云心中一寒，连忙说道："不会。"

"为何？"

"因为他在意娘娘。只要娘娘还安好地待在后宫，他就不敢妄动。"说实在的，他也有些看不惯皇上如此手段，竟然三番五次利用皇后娘娘牵制霍庭东。

"哈哈哈！"南宫曜大笑两声，目光猛然变冷，"是的，他不敢！"说完随手拿起一旁的折子翻看两页，看似漫不经心地问了一句，"霍云的事，你可查出了些眉目？好好的一个人怎么就得了风寒死了？"

追云剑眉挑了挑，好一会儿才道："臣查到，霍云是中毒而亡。"

"中毒？"

"是的，当时的验尸官记录上确实记载着风寒恶化亡故，臣后来暗中调查，又要人偷偷开棺验尸，确实是中毒。"追云如实禀告，至于是何人下毒，恐怕皇上心里有数。

南宫曜沉吟片刻，朝他挥挥手："你先下去吧！这事不要泄露出去，朕自有打算。"

"是！"

第七章　密室玄机

1 给朕生个孩子吧

霍青桑不知道自己是怎么走回舒兰殿的，刚刚在御书房外听见的一切如同一道惊雷瞬间将她劈得心神俱裂。原来爹爹是被人毒死的，在刑部能毒死爹爹的，若不是南宫曜，那必然就是苏牧，苏皖恨她，恨霍家，苏牧必是更恨吧！

想到这里，她又强迫自己镇定下来。她在等，等南宫曜的反应，等他的决断。既然他要追云去查，是不是就代表他会有所行动呢？起码他还要利用自己，利用霍庭东，是否为了这些利益牵扯，他能下手处置苏牧？

她想了很多可能，却猜不透他的心，一如这么些年，她从来没有仔细看明白过他一样。

这一夜，她睡得极不安稳，恍惚中好像做了一场噩梦，醒来时已是大汗淋漓。

"怎么？做噩梦了？"

低沉的声音带着一丝忧虑，她猛地睁开眼，昏黄的灯光下，南宫曜不知何时坐在床头，双手极其自然地将她抱住，整个人弯身将她压在身下。

"你都听见了，是吗？"

霍青桑心中一惊，别开脸不看他的眼，狠声道："是，我知道，知道你利用我牵制我哥，帮你去攻打楚郡王和湘南王，也知道是苏牧害死我爹！"说完，一阵冷笑，突然倾身张口朝他白皙的脖颈狠狠咬去，直到口中尝到一股浓郁的血腥味。

南宫曜轻轻挑了挑眉，却在她离开的瞬间一把扣住她的腰将她压向自己，薄唇准确地吻上她殷红的唇。

"青桑。"他目光眷恋地看着她忽明忽暗的面孔，心底突然生出一丝柔情，仿佛浸泡在暖意融融的温泉中，"给朕生个孩子吧。"他贴着她的唇呢喃，仿佛只有这样才能传递他的热切，他的渴望。

如果有什么可以留住她，他想，只有孩子吧！

最近他总是做噩梦，每次都会梦见她浑身是血坠入幽深不见底的深渊。他恐慌地朝她伸出手，最后却总是抓住一团空气。他无奈而绝望地看着她望着他时满眼的恨，紧抿的薄唇轻启，告诉他："南宫曜，我但愿一生从未遇见你，如有来世，但愿我们永不再见。"

不，她怎么可以如此决绝？

既然她这一世惹了他，便要永生永生都留在他的身边，哪怕只是折磨，他也不允许她有离开的可能。

说他专横霸道也罢，说他自私自利也好，他想留住她，不允许任何人将她抢走，霍庭东亦是不能。

"生个孩子？哈哈！哈哈！"霍青桑笑得眼泪都流了出来，她猛地推开他翻身下床，赤脚踩在冰凉的青石地板上，似乎只有这样的冰冷才

能提醒她记住那些他施予霍家的伤痛。

"青桑。"他追上去从后面抱住她，"朕说的都是真的，给朕生个孩子。朕答应你，只要霍庭东这次平安回来，朕绝对不会再为难他。"

她猛地回头，咬唇看着他，心中仿佛被百爪抠挠一样："你可还记得烨儿？"

烨儿？

南宫曜想起那个聪慧的孩子，身子一僵，脸瞬间苍白得没有一丝血色。那个孩子，那个孩子他怎么会忘记呢？他忘不掉的。

他失神地连退数步，眼眶有些发红，那是他的第一个孩子，却未能平安长大。

她见他如此模样，心中越发怨恨，咄咄逼人地直视着他，质问道："便是我生了个孩子又如何？你可还能护着他？你可能保证不会利用他牵制我，牵制霍庭东、霍家军？"她心冷了，这个男人不是她的良人，从来都是她一厢情愿、痴心妄想，现在她已经不愿再信他了。

"青桑。"他张口打断她的话，冲过去再次将她紧紧地抱在怀里。这一刻，他突然害怕起来，因为他知道，她正一点点地远离他，一点点地把他推拒在心门之外。

而这样的结果不是他想见的。

他把他的恐惧赤裸裸地表现出来，企图用一个孩子维系住他和她之间薄弱的情感，他甚至不能去想象如果没有孩子，他和她还能走多远？

"只要你愿意让他做个闲散的王爷，朕保他一生平安，富贵安康。"他殷切地看着她，等着她点头。

霍青桑微敛着眉看着他殷切的表情，突然破涕为笑，扬手狠狠地抽了他一巴掌。

南宫曜被打得一阵迷糊，一把抓住她的手腕："霍青桑，你疯了！"

"疯？我没疯。"霍青桑一阵冷笑，"南宫曜，你是真傻还是装傻？还是以为我的脑袋里都是糨糊？这偌大的宫闱里，不争皇位不争宠，你要他如何平安活下去？这是个什么地方你比谁都清楚，何必在这里自欺欺人呢？你容不下霍家，这孩子若是出世也不过就是个早夭的命数，当年烨儿尚且如此，何况此时？"她一针见血，堵得南宫曜哑口无言，最后只能黯然离去。

晦暗而幽深的密室里。

身着明黄色长袍的男人久久地站立在一方灵柩神台前，一块漆黑的牌位静静地摆放在神台上，前面放着一只糖人，一碟绿豆糕，还有一只颇有些陈旧的拨浪鼓。

他伸手轻轻拿起拨浪鼓，沉闷的鼓点在空荡荡的密室里回荡，如同一只重锤，一下一下地打在他的胸口。

他微微弯下腰，右手紧紧抓着胸口，白皙的脸上渗出丝丝冷汗。

好长时间，他才直起身子，缓慢地抬起手，修长的大手轻轻拂过漆黑的牌位，拇指小心翼翼地在那被刀深刻的纹路上滑动。

许久，他长长地叹了一口气，放下拨浪鼓，转身走到另外一间石室门前。

他推开石室的门，一股浓郁的药味扑面而来。偌大的石室里没有多余的摆饰，只在正中央摆放着一个巨大的水缸，仔细看去，水缸里却是坐了一个人。那人披散着头发，似乎听见了脚步声，她猛地抬起头，露出一张苍白得如同死人的脸，不，或许不该说是脸。她的眼眶黑洞洞的，眼球已被生生剜去，整张脸除了那两个恐怖的黑漆漆的洞，便如一团被揉烂的面团。她的身体浸泡在褐色的药液里，她张着嘴，想说话却什么也说不出来，只能发出"呜呜呜"的呜咽声。

这脚步声她太过于熟悉了，听了多少个日夜她自己也不记得了，这人曾是她真心爱着的男人，亦是主宰她命运的神，可此时她是惧怕、惊恐的，她惊慌地呜咽着，恨不能有人可以一刀杀了她。

男人走到她面前，仿佛爱怜一样伸出手轻轻拨开她凌乱的发，露出那张仿佛被揉烂的脸，低沉的声音在她耳边响起："别怕，我来看你了。你看，无论什么时候，我都记得你，你以前不是最喜欢我去看你吗？"他目光冷酷地看着面前的女人，心口被一只大手狠狠掐住，掐得他不能呼吸。

"呜呜呜呜！"女人循着声音望过去，可入眼的只是黑暗，她拼命摇着头，在心里乞求着，杀了我，杀了我！

"你想死？"他低笑出声，"我舍不得你死啊，有你在这里陪着他，他才不会寂寞。"

女人的心里全然绝望了，死亡对她来说已是奢侈的妄想，可那是她的错吗？她只是做了他曾经希望做的事，他不喜欢那个孩子，她帮他除掉了有什么错？

可为什么末了却要迁怒于她？

为什么？

她不懂，却已经没有办法质问。

男人冷冷地看着她，仿佛要把她深深刻进灵魂里。可他又比任何人都知道，他有什么资格去恨她呢？他那龌龊的心思只有自己知道，这个女人活着不止他在折磨她，她也在不断地提醒他，他是一个多么卑鄙无耻的人。

他突然放声大笑，笑着笑着，一口血喷出来，把女人的脸染得一片血红。

"呜呜！"女人还在不断呜咽着，男人已经仓皇地转身逃离。

御书房，夜已深。

南宫曜独自坐在桌案前，望着一堆奏折出神。

"皇上，您这是怎么了？"苏皖缓步走进来，把托盘里的莲子羹放到书案上，然后转身来到他身后，纤细的手轻轻覆上他的百会穴，轻轻地、一下一下地揉按。

"你怎么来了？"

南宫曜一把拉住她的手，苏皖顺势坐在他怀里："皇上，臣妾见您为国事操劳，给您送来了莲子羹。"

南宫曜挑了挑剑眉，若有所思地看着她讨好的表情，好一会儿才道："下次不要随便来御书房了，你下去吧。"

苏皖眨了眨凤眸，眼泪含在眼眶，委屈地应了一声："那臣妾回去

了。”说着，微敛的目光若有似无地看了眼靠着西墙的那一排书架，然后转身离去。

2 故人来访

人有时候就是这样，当你千辛万苦打造的面具被撕裂后，你会连演戏都不愿去做。

霍青桑已经无所顾忌了，她觉得在她和南宫曜之间已经没有任何牵绊了，她现在唯一能做的就是要霍庭东好好地活着。她这一辈子欠了很多人，最为对不起的便是爹爹和霍庭东。这两个人撑起了她前二十年生命中所有的任性妄为，包容了她所有的缺点，不断在她身后为她收拾她一意孤行惹出的麻烦，以至于为了她参与了夺嫡之战，最后把整个霍家都葬送了。

她不是没有悔恨过，可是当一切尘埃落定，那些谁是谁非又如何说得清？只是她必须走下去，把这条自己选择的路走完，并非为了南宫曜，而是为了霍氏一族守护了这么多年的大燕河山。

命运的转轮在她遇见并爱上南宫曜的那一年便已经不可逆转地启动了，谁也阻拦不住，只是谁也想不到事情会发展到这一步。而吴越的出现把这本就已经混乱的事情弄得越发不可收拾，甚至是逼入绝境。

霍庭东离开汴京的那一天，正是西凉使臣来访的日子。

霍青桑即便不想承认，但她还是这大燕宫里的皇后，也确实又回到了舒兰殿，所以和皇上并肩迎接西凉使臣是再合适不过的事了，只是她不会想到，使臣中会有一位故人。

吴越坐在使臣中极为不起眼的角落，他低敛着眉，修长白皙的手轻轻抚过手中的杯盏，偶尔在南宫曜说话的时候看向一旁的霍青桑，紧抿的唇不经意扬起一抹清浅的笑，让人如沐春风。

　　不得不说，这是个集儒雅和俊美于一身的男人，他身上有一种迷惑人的特质，很容易让女人对其卸下心防，一心倚靠。

　　在燕山受伤与之相处的那段时间，霍青桑是快乐的，甚至是恬淡的，曾经有那么一瞬间，她想过，如果不回皇宫，她会一点点地沉浸在他所编织的梦幻般的平静生活里，做一个无忧无虑的女子，做一个被人温柔呵护的女子。然而事实上她比谁都清楚，这个人太过神秘，太过飘忽不定，他的突然出现、慕容无风的突然死亡，这些都不可能只是巧合而已。

　　她选择假装失忆，这种事是瞒不过他的，所以他同她一起演了这一出戏，同她一起回汴京。她怀疑过他，也提防着他，但同时她又在潜意识里信任着他。这是一种极为微妙的感情，有时连她自己也看不透。

　　可他们之间注定会有所取舍，比如此时两人的相见，没有惊天动地，也没有诧异茫然，似乎他们都知道彼此的身份，只是谁也不说破罢了。

　　她终于错开了视线，却愕然地对上南宫曜投过来的视线，冰冷至极，如同一把饮血的刀。

　　她仓皇地收起心虚，沉着脸，默默摆弄桌案上的杯盏。

　　酒席散去，西凉使臣被安排在皇宫外院的同方阁。同方阁之所以叫阁并不是因为它面积小，而是因为它是由八个楼阁组成，楼阁环绕一水

碧湖，形成包围之势。同方阁是历代大燕国招待外来使臣的地方，即属于皇宫，却又与内院相隔，并守备森严，毕竟离内宫稍有些近，又是有外男出入的。

事实上，不管是哪个朝代的皇宫里，都不可能只有皇上一个男人，否则便也不会有那么多红杏出墙的妃嫔了。

皇宫是个什么地方？确切地说，它是一个并不算牢靠的牢笼，因为它困得住人，却未必困得住心。

吴越会出现在西凉使臣之中，霍青桑并不惊奇，只是她有些不明白，他为何不以皇子的身份出现？还是西凉王认为并不是时候认回这个他寄予厚望的儿子？

她想不明白，亦没有足够的时间去思索，因为吴越来得太快。

在这早春还有些凉意的晚上，他如同忽来的一场夜雨般出现在舒兰殿，那样突然，又那样的理所当然。

霍青桑穿着单薄的月白袍子坐在院子里的回廊下，一轮弯月挂在树梢，手里的酒还温热，人已经不知神游到何处。

细碎的脚步声传来，吴越斜倚在葡萄藤下，一身素白的长衫无风自动，平添了一抹说不出道不明的儒雅温润。

这是个品貌极佳的男人，霍青桑心里明白。可她的心早已给了另一个人，在她还没明白什么是真正的爱情的时候就已经把自己置于泥潭之中，且一生不能自拔。

她静静地看着他，好长时间才吐出一句："好久不见。"

"霍府一别，数月有余。"他浅浅地笑，走过去，径自执起酒壶倒了一杯酒。

酒还是温热的，人心却已薄凉。

"你知道我会来？"他坐在她对面，单手支着下巴，略显慵懒地看着对面的女人，她坚毅、冷静，好似从来都是在冷眼旁观别人的生死离别一样。

他突然生出一丝不悦，重重把地酒杯放下："他对你不好？"

霍青桑微愣，忽而一笑："好又如何？不好又如何？"

吴越沉默了一会儿，好像在想接下来要说什么，好长时间才道："若是不好，我可以带你离开，若是好……"他没有说下去，眸中含笑。

霍青桑一口饮尽杯中酒："你就不怕他杀了你？"

"谁？"他不觉莞尔，"大燕皇帝？"

她点了点头。

"不怕！"

"为什么？"

吴越抿唇轻笑："一个能用自己心爱的女人换取安稳帝位的人，儿女情长并不能左右他，只要我提出合理的交换条件，你也可以像当年的苏姑娘一样被当成礼物送走。"

"啪！"霍青桑手里的酒杯碎裂，碎片刺进掌心。

"你不信？"

"我信。"她苦笑出声，"这后宫里要想让一个女人消失实在是容易不过的事。只是我好奇，你能出得起什么代价换我，三皇子？"

　　她话音刚落，果然见吴越脸色一寒："你知道？"

　　"知道什么？"

　　"呵呵。"吴越轻笑，"霍青桑果然是霍青桑，虽然我不曾在战场上见识过你的本事，但今日倒是明白霍庭东何以对你一往情深了。"

　　霍青桑的脸色亦是一变，沉声道："他是我哥。"

　　吴越不置可否地笑了笑："你既然知道我的身份，那你也应该明白，总有一天我亦会坐在那个位置上。若是我真的想带你离开这里，你可愿意？南宫曜不懂得珍惜你，我不一样，如果西凉必有一后，我希望这个人是你——霍青桑。"

　　霍青桑淡淡地看着他，好一会儿才道："三皇子抬举了。"

　　"不。"吴越一笑，他从来不会抬举人，他也从来不会为一个女人折服，然而燕山一行，他终究见识到了霍青桑的魅力。她是一个坚韧、独立、敢爱敢恨，甚至是机智而狡黠的女人，任何一个男人得到这样一个女人全心全意的爱都应该珍惜。

　　"一个霍青桑，可抵三座城池，如若可以，我愿以三座城池来换。"

　　霍青桑第一次发现，他身上竟然已经隐隐露出一种只有王者才有的霸气，而这种感觉让她不安，让她惧怕。她直直地看着对面神色清明的男人，她知道他说的不是假话，当然她也知道，她是值得的，尽管南宫曜如此怠慢于她，但她的价值确实可以抵得上三座城池，所以，她是有些感激吴越的，至少在他心里，她是一个值得去珍惜和争取的人，哪怕只是利用。

她忽而笑了，执起酒壶注满他面前的酒杯："公子醉了，还是早点休息吧！"说着，起身走出回廊。

昏黄的宫灯把她的背影拉成一条细长的直线，吴越长长地叹息一声，饮尽杯中的酒，若有所思地瞟了眼远处的月亮门，唇角露出一丝冷笑，转身如来时一般消失在晦暗的夜色里。

月亮门外，一个修长高大的身影似乎已在那里静立多时，他冷冷地注视着一灯如豆的舒兰殿，心中已是惊涛骇浪。那个人说，她值得三座城池；那个人说，只有霍青桑配站在他身边。哼！可他忘记了，霍青桑是他南宫曜的人，生是南宫曜的人，死是南宫曜的鬼。三座城池？他根本不会放在眼里。他早已不是当年的少年，他已经足够强大，他有能力去捍卫自己的领土和女人。

他愤怒地想着，心里充满狂躁和阴郁。他想起她的燕山之行，想起她假装失忆不愿回宫，想起她曾经与那个人有过一段连他都无法参与的回忆，他没办法控制内心蓬勃生长的嫉妒，根本无法忍受。

她是不是爱上那个人了？

不，她怎么可以？他不允许，即便是用十座城池来换，他也不会放手的。

是的，不会！

他狠狠地瞪着舒兰殿里晃动的人影，突然觉得胸口仿佛有什么要溢出来，他已经无暇顾及，他只想紧紧地将她抱在怀里，将她捏在手心，不能让她有丝毫想要离开的念头，因为他也无法保证他真的能将她留住。也是直到这一刻，他才知道，她太特别了，只要是她一心要做的

事，她总是有办法办到的，包括离开他。

这是个让人挫败的发现，也是让他觉得无法忍受的现实，他有种惶恐的感觉，这感觉驱使他不顾一切地冲进舒兰殿，不顾一切地抱住她，不顾一切地吻着她，不顾一切地想要占有她，这感觉来得太过于突然，以至于他完全无法抗拒。

"南宫曜，你放开我！"霍青桑被他压在身下，感到他僵硬的身体重重地压着她，仿佛要把她身体里仅有的空气也挤压出来。

他的唇疯狂地啃噬着她，她用尽全力抗拒，两个人就像两只野兽一样撕扯、咆哮。

然而当一切都归于平静，他们又在彼此逃避。

看着空荡荡的床榻，南宫曜狼狈逃离的背影让她心口隐隐抽疼，眼泪不自觉地溢出眼眶，有种说不出的落寞。

"出来吧！"她吸了吸鼻子，朝窗外喊了一声，"我从不知你还有听墙角的爱好。"

果然，一道黑影从窗外蹿进来，轻轻落在青石板地面上。借着昏黄的灯光，他的脸显得越发俊美惑人。不是那本已离去的吴越又是谁？

霍青桑忍不住冷笑出声："你到底想干什么？"

吴越看似无意地笑，目光落在她露出锦被的颈间，一块块青紫的痕迹宣示着这里刚刚进行了一场多么激烈的欢爱，同时也是一场决裂的角逐。

他的视线落在她身下那张大床上，目光一闪再闪。

"我不过是想带你离开而已。"他苦笑着说。

霍青桑不屑地冷笑："这句话若是吴越说的，我自然会信，可是从慕容无乐嘴里说出来，我却不信。"她挑眉看着他，"你不是要霍青桑，你是要几十万霍家军。"

"扑哧！"

吴越，不，该说是慕容无乐笑了："男人都不喜欢太过于聪明的女人。"

"聪明的女人也不喜欢被男人利用。"霍青桑抿唇冷笑，忽而一扬手，一道寒光闪过。

慕容无乐绝没有想到她会对他出手，躲闪的速度慢了那么一点，锋利的飞刀擦着他的脖颈而过，带起一片血红，然后死死地钉进他身后的梁柱里。

"你想杀我？"他诧异地看着她，伸手捂住颈间受伤的位置，鲜血顺着指缝溢出。

霍青桑忽而一笑："谁知道呢？"

慕容无乐也笑了，只是笑意未达眼底，他说："霍青桑，你这样的女人该是留在战场或是官场的，留在后宫可惜了。"

"那倒也未必，至少我还是坐在皇后的位置上。"

"扑哧。"

他又笑了，目光却是看着她身下的床，好一会儿才轻飘飘地丢出一句："你身下的床倒是特别。"

霍青桑一愣，不明白他怎么说着说着就把话题转移到床上了？

"你可曾听过有一种叫玄木的古木？"慕容无乐又道。

霍青桑自然听过，她在南宫曜的御书房看到过一本介绍这种玄木的古树，书上说，此木生在极寒之地，三千年树成，树皮是血色的，树叶亦是血色的，唯有花是白色的。传说玄木的花能解百毒，玄木的皮却又是天下至毒。

3 玄木之意

慕容无乐静静地望着她，沉吟半晌才开口："你可知这种木生在极寒之地，三千年树成，它的花能解毒，皮却又是天下至毒？"

霍青桑点头。

慕容无乐突然冷笑了一声："可你肯定不知道它的另外一个用处，否则你绝对不会用这张床。"

霍青桑一愣，她只知道身下的这张床确实是玄木的，虽然有养生护体的功效，却也不值一提。

慕容无乐似乎很乐意看到她露出这种迷茫的表情，笑道："这种木确实可以养生健体，美容养颜，却也有一大弊端。"

他说到这里的时候，霍青桑心里打了一个突，她猛地想起她曾经在御书房看见那本书的情景，书上虽然罗列了这种木的神奇之处，却在某一处被撕去了一页，她曾问过南宫曜，他却只说得到这本书的时候已经没有这一页了，所以她并不知道上面写了什么，可如今慕容无乐说出来的话却让她有种不祥的预感，以至于她的整个身体都在发寒，因为她好似已经想到了什么。

当慕容无乐嘴里缓缓吐出"避孕"两个字的时候，她一下子就联想到，自从烨儿死后她就从来没有怀过胎，她的身体是无碍的，没道理一直没有，此刻看着慕容无乐幸灾乐祸的笑容，她突然明白了，南宫曜不想也不能要霍家的孩子，所以烨儿死后，她便再也不会有孩子了，可笑他那天还说要她生一个孩子。

她失神地看着不远处的虚空，连慕容无乐什么时候走的都不知道，她仿佛一个入定的老僧人，心中再也激不起一丝波澜。

雅芳殿。

"娘娘。"宫女战战兢兢地站在铜镜前，铜镜里映出一张娇艳的脸，只是这脸的主人显然并不高兴，她低敛着眉，丰满性感的唇紧紧地抿成了一条直线。

"你说，本宫长得好看吗？"苏皖突然出声，金丝镂空的指套轻轻滑过细致的眉眼，金色映衬得那张精致的脸更加白皙。

"好看。娘娘是奴婢见过最美的女子。"

"比之皇后如何？"

宫女微愣，苏皖已猛地从绣蹲上站起来，抬手一巴掌打在她脸上："你是不是觉得本宫不及她？可皇上爱的是本宫，那后位也早晚是本宫的，本宫吃了这么多年的苦，她霍青桑凭什么继续坐在那个位置上？凭什么？"她的表情出奇愤怒，呈现一种疯狂而肆虐的冷酷，宫女被她的样子吓得直打哆嗦，只能一一应和。

"本宫会成为这天下最尊贵的女人！"她忽而一阵冷笑，一把推开宫女，"就算昨夜皇上去了舒兰殿又如何？后来还不是来了我的雅芳

殿？"

宫女不敢多言，这时，宫人尖锐的声音在殿外响起："皇上驾到。"

苏皖瞬间敛了心神，狠狠地瞪了宫女一眼："还不帮本宫更衣接驾！"

南宫曜一进内室，一股浓郁的熏香扑面而来，小几上的熏笼燃得正旺，香气一波一波袭来，扰人心神。

其实这宫里女子燃些香料本是常事，只是最近他越发的不喜欢这些东西，偶尔恍惚有种离神的感觉，会想起舒兰殿里淡淡的茉莉香，会想起霍青桑的喜怒哀乐，会情不自禁地想，原来这么些年，她即便是如何爱他，似乎都没有和其他人这般迎合奉承过他。

她与别的女子不同，她的情，她的爱从来都是坦率而霸道的。但有时他也会想，她的爱是不是已经全部奉献了，以至于只有那么多的爱，他挥霍一分便少一分，如果有一天她不爱了，这皇宫其实未必能困得住她。

他有些失神地看着苏皖那张艳丽的脸，突然想不起曾经他爱她的什么。他甚至已经记不得他们之间所有的美好，这么些年支持着他一步步走向强大的信念只剩下对霍家的怨恨。如今霍家败了，他却并不开心，反而午夜梦回时总是被噩梦惊醒，霍青桑那双含恨带怨的眼让他如同芒刺在背，却又不忍割舍。

"皇上？您怎么了？是不是有什么心事？"苏皖偎进他怀里。

南宫曜略有些不悦地挑眉。

"怎么了？"苏皖有些委屈地抬头，"皇上，臣妾，臣妾的身子已经好了。"生完南宫乾已经快两个月了，他竟然从未再碰过她一次，即便是昨晚，他也只是安静地睡在她身侧而已。

她有些惶恐和焦急，这后宫里的女人可以没有位分，可以没有雄厚的家世，但唯独不能没有皇帝的宠爱，尤其是她这种身份特殊的，如果有一天她失宠了，那便意味着万劫不复。

南宫曜轻轻推开她，居高临下地看着她，突然问了一句："皖儿，你，恨朕吗？"

苏皖身子一僵，好长时间没有说话。

恨吗？

她忍不住在心中讥笑，如何能不恨？可她又知道，自己是没有资格恨的。

"不恨。"她笑着，眼中带泪。

南宫曜终于不再说话，伸手将她紧紧抱在怀里。

"可是臣妾恨霍家，恨霍青桑。"她从不掩饰她的恨，因为她知道，只有她恨着霍青桑，她才能时时刻刻地提醒他，霍家曾经对她做了什么。

南宫曜抬起的手一僵，好长时间才轻轻落在她温热的脸颊上："皖儿，你很好，很好。"

"不，臣妾不好，臣妾不好，臣妾……"她已泣不成声。

南宫曜伸手捂住她的嘴："皖儿，是朕对不起你。"

"皇上！"

"别说，什么也别说。"他轻轻推开她，眸中含笑，"你放心，从今以后再也无人能欺负你，册封贵妃的旨意已经拟好，朕会给你一个盛大的仪式。"

贵妃？皇贵妃？南宫曜，这就是你的补偿吗？这就是你所能给予的最大的补偿吗？其实她本该知道的。她有什么不知道的呢？就算她生下皇子，她也是他一生抹不去的污点，此时他还能用愧疚支撑他对她的爱，可是总有一天会色衰爱弛，他会忆起她在西域的那几年，他会觉得她是他的污点，连同她的孩子也一样。

这一刻，苏皖突然觉得自己很可怜，甚至比霍青桑还要可怜，至少，至少在这场爱恨纠葛里，霍青桑还能保有她的自尊，掌握了她的命运，而自己，其实从来都是一颗棋子，从来都是。

从没有哪一刻让她觉得如此挫败，所以当南宫曜从雅芳殿离开的时候，她心里突然生出了一种恨，绵延不绝的，蚀骨之疽一般……

"娘娘。"宫女欲言又止地看着已经发呆了许久的苏皖，刚刚内务府的官人说，皇上要人把舒兰殿内室的玄木大床换了，说皇上翻了舒兰殿的牌子。

其实自打霍庭东出征闽州之后，后宫所有人都察觉到，皇后将要复宠了。

苏皖没有说话，她知道南宫曜没有留在雅芳殿必然是因为他要去舒兰殿，她已经不对他抱有希望。这深深的宫闱里，一旦你真的爱上那个高高在上的人，你的命运就注定是一场悲剧，比如她，比如霍青桑。可她又比霍青桑好上许多，至少，至少她还是有退路的。

第八章

惊
天
噩
耗

1 恩宠无疆

霍青桑无动于衷地看着内务府来的宫人把舒兰殿里的玄木大床换成金丝楠木的雕凤大床，心里说不出是喜是怒。他是什么意思？霍家败了，她可以有他的孩子了？真是讽刺得很啊。

"娘娘，皇上又翻了舒兰殿的牌子。"素衣喜笑颜开地把鸾鸟朝凤的头面插在她头上，满意地看着铜镜里映出的俏丽五官，"娘娘真美。"

霍青桑佯装不悦地瞪了她一眼："小丫头什么时候嘴巴这么甜了？"

素衣笑而不语，在她看来，只要皇上没有忘了娘娘，只要娘娘还能得到皇上的宠爱，霍家便也不算是彻底落败。这几日皇上频频翻舒兰殿的牌子，这般的荣宠下，娘娘如果再怀上一个孩子，霍家也不愁没有出头之日。

霍青桑笑而不语，微敛眉眼看着窗外微凉的晨光，恍惚中想到南宫曜的脸，原来彼此之间已经相隔那么远，原来她已经疲惫得不想再去追逐。

妃嫔们照例来舒兰殿请安，苏皖抱着小皇子姗姗来迟，一脸的容光。这大概是两个人第一次如此正式地见面，且视线相交的瞬间便火花四溅。苏皖安静地走到她旁边的位置落座，不消片刻，皇上册封苏皖为皇贵妃的圣旨便到了。

刘全宣读完圣旨，偷偷看着霍青桑，发现她眼中并无不悦，遂又道："皇上说了，皇贵妃刚出月子不宜操劳，应一心照顾小皇子，后宫的公务就交还给皇后处理。"

苏皖脸上的表情一僵，怀抱襁褓的手不自觉地收紧。

"哇哇哇哇！"襁褓里的婴孩感受到母亲身上的怒意，不安地扬声啼哭起来。

一众妃嫔的脸色亦不太好看，前段时间霍青桑被困冷宫，后宫诸事多是由苏皖暂代，如今皇上下令还权皇后，那是不是意味着霍家要翻身了？那曾经几次三番弹劾霍云和霍青桑的几个妃嫔的爹爹，是不是也将受到牵连？

朝堂之事往往会影响后宫，这些妃嫔都不是泛泛之辈，她们背后往往是一个个世家大族，一举一动也关乎朝堂，如果霍青桑真的复宠了，谁又能说她不会伙同霍庭东对付谁的娘家呢？

就在众人纷纷暗中猜测的时候，坐在苏皖身边的淑妃突然站起身，笑容满面地看着她怀里的小皇子说："呦，瞧这孩子长得可真是好，跟万岁爷倒是像一个模子里刻出来的。"

"可不是吗？这可是万岁爷的第一个小皇子呢。"人群中也不知谁这么冒失地说了一句，大殿里顿时鸦雀无声。

淑妃挑衅地看着脸色瞬间惨白的霍青桑，佯装大怒道："这话是怎

么说的？都忘了还有个大皇子烨儿？"

此话一出，刚刚帮腔的妃嫔已是吓得一身的冷汗，霍青桑猛地一拍桌案："本宫累了，都下去吧！"

这时，宫外的宫人唱喜儿，南宫曜穿着明黄色的龙袍走进来，脸上带着喜色。

"参见皇上！"

"参见皇上！"

众人纷纷施礼，只是脸色越发的难看。

皇上刚刚下令还权皇后，这一下朝又急急地跑来舒兰殿，其中荣宠可见一斑。

"都起来吧！皖儿，让朕看看乾儿。"南宫曜一边逗弄南宫乾，一边抬头看了一眼脸色青白的霍青桑，剑眉挑了挑，"皇后这是怎么了？谁又惹你了？"

一旁的淑妃阴阳怪气地答道："皇后估计是想大皇子了。"

"啪！"

霍青桑将手里的茶杯狠狠地掷了出去，刚好砸在淑妃的脚边："滚！"

"皇上。"淑妃吓得脸色一白，连忙躲到南宫曜身后，"皇上，臣妾失言。"语毕，目光却不甘地看着霍青桑。

南宫曜脸色一沉，把南宫乾塞回苏皖怀里，扭身不悦地看了淑妃一眼，长叹一声道："下去吧，以后不该说的话不要再提。"

"是，臣妾知道了。"

打发走众人，南宫曜扬眉看着上首的霍青桑。她瘦了，似乎从燕山回来后整个人都显得越发的孱弱单薄。

"刘全，把朕私库里那株千年血参拿来给皇后，还有，明日叫太医院的刘院士来给皇后瞧瞧，看看能不能开两副料理身子的药。"

霍青桑凝眉看着他："南宫曜，你到底什么意思？"现在摆出一副恩爱非凡的态度是何用意？还真以为她是几岁孩子，相信他忽然又爱上她了？还是她身上还有什么是他所图的？

南宫曜心里一疼，故作不知地说道："什么什么意思？"

"我不想管理你的后宫，也无需进补。"她说得明明白白，略显苍白的脸上露出一抹讥讽的笑，"你现在是在干什么？扮演一个痴情的情圣？若是如此，你大可以去找苏皖，不必来舒兰殿惺惺作态。"

南宫曜难以置信地看着她，心里腾地冒上一股火气，冲过去一把扣住她的手腕将她拉进怀里，低头狠狠吻住她喋喋不休的唇。他用力地吻着，生怕她再说出伤人的话。

"南宫曜。"霍青桑一把推开他，目光沉沉地看着他，"我累了。"然后头也不回地转身进了内室。

南宫曜一个人站在空荡荡的大殿里，四周还弥漫着淡淡的茉莉香，他却突然间生出一种肝肠寸断的感觉，那感觉来得太过凶猛，以至于他还无从抵抗便已经遍体鳞伤。

累了，所以不爱了？连看他一眼都显得多余？

不，他不允许，即便是她累了又如何？

他深深地看了一眼内室的方向，随即拂袖而去。

佛说，菩提本无树，明镜亦非台，本来无一物，何处惹尘埃。

以前霍青桑不懂，现在她懂了，有些人有些事都是冥冥之中注定的，强求不得，亦无需强求。

素衣恨铁不成钢地看着她，心中真恨不能撬开她的脑袋看看里面到底装了什么，怎么就那么倔强呢？

犹豫许久，她还是按捺不住开口了："娘娘，奴婢有些话憋着难受。"

霍青桑瞥她一眼："那就憋着。"

素衣一愣："娘娘。"

"我知道你要说什么。"她低敛着眉，漫不经心地把玩手里的手捻葫芦，这是十二岁生辰时爹爹送她的礼物，当时她倒是没怎么喜欢，直到进宫以后她才渐渐开始喜欢把玩它，大抵上是因为寂寞得太久了，这些满含着心意的小东西反而比这皇宫里冰冷的金饰玉器更得欢心。

素衣长长地叹了口气，这时杨嬷嬷恰好从外面进来。

"素衣，先下去吧，去御膳房端些零食过来。"她支走素衣，朝杨嬷嬷招了招手，"嬷嬷，可是闽州那里有了消息？"

杨嬷嬷点了点头："刚刚大少爷送来的捷报到了，老奴从乾清宫那里打探了些消息，大少爷初战告捷，皇上很是高兴，晚上要在御花园宴请百官。"

霍青桑抿唇一笑，目光幽幽地看着远方，似乎只有想起那个人，浮躁的心才能平定下来。这天下，怕也只有那个人曾一心一意地对待自己，只可惜她终归无法回以他同等的情感。

入夜，御花园里光影重重。

南宫曜坐在首位，端起酒杯一饮而尽。辛辣的液体一杯一杯灌进嘴里，眼前的人影已经变得模糊，可他的心里还是燃着一团火，是的，一团炙热的火，只因那人竟然敢在众目睽睽之下说出那般大逆不道的话。

他说，能有皇后娘娘这样的奇女子比肩而立，皇上真是有福气。这话说得有多酸只有南宫曜知道，面前的这个男人是与霍青桑有过交集的，甚至是爱慕霍青桑的，他说过，情愿用三座城池换一个霍青桑。

他敢！

南宫曜捏紧了手中的杯盏，目光阴冷地看着不远处的吴越，不，该是慕容无乐才是，薄唇微微扬起："这位是……"

一旁的西凉使臣连忙附和："回陛下，这是我西凉的三皇子，因一些原因这些年一直流落在外，这次出使大燕回国后，吾皇便会为三皇子正名了。"

南宫曜不经意地冷哼出声，目光落在慕容无乐温润白皙的脸上，脑中却不受控制地想到他曾经极为亲密地和霍青桑在一起那么长时间，他看她时的眼神是爱慕的，那么她看他呢？

心脏忽然紧缩了一下，他不想去探究，一口饮尽杯中酒，却感觉苦涩至极。

初夏的夜里还有些微凉，他走在那条熟悉的回廊里，前面刘全手里的灯被风吹得左右摇晃，晃得他头昏眼花，一个踉跄跌坐在冰冷的地板上，胃里翻江倒海般难受。

　　"啊！"他猛地抱住一旁的栏杆吐了。酒臭和酸气让他愤怒，胸臆间的火气怎么也浇不灭，他恼恨地想要站起来，却发现双脚软绵没有一丝力气。

　　"皇上，您没事吧？"刘全连忙折回来想要扶起他。

　　"别碰朕！"他一把推开刘全，翻身寻了个干净的栏杆死死地抱住，"青桑呢？青桑，我要见她！你滚开！"他已经醉意朦胧，脑袋里只剩下霍青桑那张鲜明的小脸，一边傻笑着抱着栏杆摩擦一边嚷嚷着。

　　刘全吓得差点丢掉了手里的灯，琢磨着皇上这又是演的哪一出啊？平日里跟皇后娘娘闹得不亦乐乎，如今怎么就借酒装疯耍起无赖来了？

　　"青桑，你不是青桑，朕要青桑。"南宫曜哼哼唧唧地抱着栏杆不撒手。

　　刘全朝不远处的暗处看了一眼，无奈地叹了口气，朝暗处说道："杂家去请皇后娘娘，各位大人莫要让皇上受了寒。"说着，提着宫灯就往舒兰殿跑。

　　舒兰殿里，霍青桑正睡得安稳，突然被一阵急促的敲门声惊醒："谁？"

　　素衣慌慌张张地披着外衣冲出去，回来时脸色有些发白："娘娘，是乾清宫的刘公公，说是皇上喝多了，人正在通往乾清宫的回廊那儿等着娘娘呢。"

　　霍青桑一撇嘴："那不去找太医，来舒兰殿干什么？"

　　殿外的刘全本来就竖着耳朵听里面的动静，听了她的话，忙尖着嗓子喊道："娘娘，皇上找您呢，抱着回廊的栏杆不撒手，您要是不去，皇上落了风寒可不好了，还请娘娘移驾。"

霍青桑忍不住一阵苦笑，实在是有些看不懂南宫曜了。

她瞟了眼窗外漆黑的夜色，忍不住叹了口气："走吧！"

2 树缠藤

南宫曜觉得自己连胆汁都快要呕出来了，嘴巴里全是酸腐的酒味，他想借着栏杆站起来，可是折腾了半天还是跌坐在地板上。

他知道暗卫就在附近，只需喊一声，他就能平安地回到乾清宫。可是这一刻他极其不想让别人看见他的狼狈，他的脑海里在不断地回放着慕容无乐的话，恼恨得一拳捶在栏杆上，红木栏杆应声而断，木头的碎屑刺进拳头，血很快涌出伤口，顺着指缝往下流。

有时候肉体的疼痛可以短暂地缓解心里的痛楚，他茫然地看着血肉模糊的拳头，眼眶有些发热，直到一双藕粉色的绣鞋映入眼帘，淡淡的茉莉香驱散了空气中的酒气。

他听见自己加速的心跳声，猛地抬起头，霍青桑提着素白的宫灯站在身前，柔和的灯光映着她脸上冷硬的表情，仿佛是在笑，又仿佛什么也没有。

他醉醺醺地冲她咧嘴一笑，伸出手："青桑，你来了！"

霍青桑低头看着他，他的衣襟有些凌乱，墨黑的长发披散在肩头，白皙的脸上少了平日里的霸道狂妄，倒是更像昔年点将台下的少年，没有是非功利，没有被权势浸染，纯净得如一潭清泉。

心悸动了一下，她下意识地按住胸口，那种怦然心动的感觉是那么

明显，仿佛这些年从未变过。

"青桑。"南宫曜无赖地攀着她的腿站起来，眼眶有些发红，"青桑，我难受。"

霍青桑猛地将他推开，任由他再次跌坐在地。

不想继续为他沉沦了，这样的爱情她要不起。她苦笑着转身欲走。

"别走。"南宫曜从后面紧紧地抱住她，"别走，青桑，我们重新开始好不好？给朕生个孩子好不好？朕答应你不再为难霍庭东，不再为难霍家。"

他粗重的呼吸喷在她的颈窝，那一刻，她清楚地感觉到内心那种朦胧的悸动越发不受控制地增长。

她该推开他的，可是仿佛受到了蛊惑，或许，在他面前她从来都不是个心冷的人，亦从来都是那个输的人。这么些年了，她输了一次又一次，输到最后连一点可悲的底线都没有了。

眼泪不知不觉涌出眼眶，她猛地转身，双手捧起他的脸狠狠地吻了上去。

南宫曜有一瞬间的愕然，下一瞬便如急风暴雨般回吻过去，弯身一把将她打横抱起，歪歪扭扭地朝舒兰殿走。

刘全红着脸摸了摸鼻尖，小心翼翼地隔着一段距离跟在后面。

霍青桑醒来的时候，南宫曜已经不在了，身旁的被褥一片沁凉，心亦是空落落的，没有一丝温度。

她还是输了，还是控制不了心底的悸动。

"娘娘？皇上差人赏了好些东西。"素衣脸上带着喜色，笑眯眯地对她说。

"素衣。"她长长地叹了一口气，"你去太医院……"

素衣的脸色一白："娘娘，这可使不得。"

霍青桑苦笑一声："去吧，照我说的做。"

"可是……"

"没有可是。"就算是心悸又如何？就算还爱着又如何？他们之间确实已经越走越远，这种时候完全没必要再有更多牵扯。

素衣闷闷不乐地出了舒兰殿，一路来到太医院。

太医院的小院士见她闷闷不乐地走进来，打趣地问道："是谁那么大胆，敢惹我们素衣姑娘？"

素衣不悦地瞪了他一眼："我找萧医女。"

"哦，萧医女在里面分药呢，你自己去找吧！"

"好。"

萧医女是个三十岁左右的中年妇女，她的脸色有些黝黑，人胖胖的，坐在案头后面像一尊弥勒佛，笑起来的时候很是慈眉善目。

萧医女本家姓顾，父亲曾是汴京城有名的大夫。萧医女十六岁时嫁给了霍家的管事萧同，五年前丈夫去世后，她就自请进宫做了医女，这些年虽然一直留在宫中，霍青桑却甚少用她。所以突然见到素衣，她有些发愣，好一会儿才道："素衣姑娘怎么来了？"

素衣撇撇嘴，俯身在她耳边嘀咕了几句。

萧医女的脸色瞬间一白："娘娘这是何意？"

素衣苦恼地摇摇头："我也不知道啊，总之您还是给抓一些药吧！"

萧医女叹了一口气，无奈地从身后的药柜里取药。

离开太医院的时候，一名宫女慌慌张张地从宣德门的方向跑过来，正好和素衣撞了个正着。

"啊呀！"小宫女叫了一声，素衣向后仰去，手里的药包"啪"的一声落在地上。

"姐姐，你没事吧？"小宫女吓得脸色惨白，她刚进宫不久，却深知宫里规矩森严，一见素衣跌倒连忙冲过去想要扶起她，却在慌乱间把掉在地上的药包踩破，里面的中药散落一地。

"我的药。"素衣哀号一声，连滚带爬地冲过去捡药。

"咳咳！"一阵轻咳从头顶传来，素衣微微一愣，慌忙抬头，发现对面站着一位一身素白的年轻男子。

素衣有些晃神，等回过神的时候，男人已经帮她把地上的药都收拾好塞进她怀里："有些脏了，不过应该不影响药效。"

素衣以为他是宣德门的侍卫，红着脸道了谢，又有些可惜地看了眼地上残留的药渣，那些混了泥土，倒是拾不起来了。

"谢谢……我走了。"她羞涩地看了男人一眼，抱着药包转身就跑。

舒兰殿。

素衣担心地看着霍青桑，端着药碗的手一直在微微发抖。她心底是害怕的，这碗药若喝了下去，便就真的是谋杀皇嗣的大罪了，皇上若是知道了未必会把皇后如何，可自己到时候肯定是第一个遭殃的。

她眼睁睁地看着霍青桑把那碗避子汤喝了下去，心瞬时有种被大石重重压住的感觉，连呼吸都显得那么困难。

药苦，却抵不过心苦，霍青桑疲惫地挥挥手："都下去吧！我累了。"最近身体好似越发经不起折腾了，到底是燕山一战伤了根本，如今想要调理回来又谈何容易？

她黯然地看着干枯而没有一丝血色的右手，张了张五指想抓起床边的金鞭。

"啪！"金鞭落地，她颓然地一脚踹开妆台边的绣蹬，心里说不出的难受。

霍青桑啊！你还奢望什么？如今的你不过就是一个废人而已，或许正因为如此才要沦为一个生孩子的工具。

南宫曜那日的话还言犹在耳，他即便想要她生个孩子，却只能让他做个闲散的王爷而已，可是如果不能给他最好的，最值得骄傲的，她如何忍心让他一出世就面对那么多残忍的权势斗争？

一个没有外戚的皇子注定是个悲剧，正如同当年的南宫曜。

可是又有几个霍青桑能这么不顾一切地爱着一个没有权势的皇子呢？

她不敢赌，不敢赌在未来的二十年还会有一个同自己一样傻的女子爱着她的儿子。

不知不觉就到了掌灯时分，霍青桑推开虚掩的窗棂，看着窗外摇曳

的树影，突然间生出一种疑问："这种深闺寂寞的生活我竟然足足过了六年。"她淡淡地说出口，目光却是对着窗外那一抹素白。

"我早就说过，你不适合待在这里。"慕容无乐从窗外的桂树后面转出来，俊逸的脸上依旧带着温柔的笑，仿佛不经意间便能把人溺死在那一弯清澈的柔情泉水之中。

霍青桑静静地看着他，忽而有那么一瞬间冒出一个念头——如果当年先认识的人是他会如何？

想着想着，便"扑哧"一声笑了。

如果是他，自己恐怕未必会比现在过得更好。

面前的这个男人是一匹狼，而且是极为擅长伪装的饿狼。

"你在骂我是匹狼吗？"他将她眼底的一丝憎恶看得真真切切，却又全然不当一回事，只笑眯眯地看着她，"其实你和我是一样的人，为达目的不择手段。"

霍青桑感觉身体里的血液瞬间凝固了，她愣愣地看着他，好长时间才发出一声冷笑："是啊，我跟你是一样的人。"不然南宫曜何以恨了她这么多年？在他眼中，她可不就是一个工于心计的坏女人吗？

慕容无乐看着她，然后在她猝不及防的时候猛然伸手拽住她的手腕，将她拦腰从窗口抱了出来。

"慕容无乐，你疯了，放开我！"

"嘘！"他伸出一根手指轻压她的唇，"你想引来御林军我是不介意，只是不知道大燕的皇帝介不介意他的皇后夜会情郎？"

霍青桑脸一黑："你到底想干什么？"

"想让你看看谁才是真正的狼而已。"说着，他拽着她的手隐入了黑暗之中。

3 摊牌

"为什么带我来这里？"御书房里的灯早已熄灭，内务府的小太监早传了消息，皇贵妃染了风寒，皇上去雅芳殿了。

霍青桑挑眉看着慕容无乐，揣测着他到底是何用意。

慕容无乐寻机避开巡视的御林军，拽着她一路潜进御书房。

空荡荡的书房没有一丝光亮，黑暗中仿佛蛰伏着一只巨大的恶兽，只要你稍不留神就会从黑暗中冲出来将你吞噬。

霍青桑心中莫名地生出一丝不安，她挑眉看着黑暗中的慕容无乐："你到底要干什么？"

黑暗中传来他清浅的呼吸声，就在她以为他不会开口的时候，他却一把抓住她的手臂将她推到一排书柜前，修长的身体紧紧地压着她，仿佛要把她胸腔里的空气都挤压出来。

彼此的气息交融，他温热而细腻的大手轻轻拂过她的脸颊，感觉到她轻微的颤抖。

"放开。"霍青桑原本搁在身侧的左手突然多出一把寸长的匕首，"不要让我说第二次！"一眨眼，泛着寒光的匕首压在了他的脖颈上。

"呵呵呵！"静谧的书房里传出闷闷的笑声，慕容无乐猛地向前倾，薄唇擦过她冰凉的脸颊，按在她身后书柜上的手猛地向下一扣，一阵机簧搅动之声遽然响起，整扇书柜向后反转过去。等惊愕的霍青桑回

过神，才发现自己竟然置身一处密室之中，两边的墙壁上有淡淡的幽蓝光线溢出。

借助朦胧的光线，一座巨大的神台吸引了她的注意，神台上摆着一块漆黑的牌位。

一股突如其来的巨大悲伤瞬间将她击垮，手里的匕首"咣当"一声落在地上。

"烨儿，是烨儿！"眼泪唰的一下涌出眼眶，她冲过去站在神台前，全身的力气仿佛被一瞬间抽走，软绵绵地瘫在地上泣不成声。

无边的痛楚排山倒海而来，瞬间将她击垮，那些一直以来压抑在胸口的揣测就这么堂而皇之地出现在眼前，让她无从逃避，无从反驳。

疼，好疼。

她紧紧地抓着胸口，眼泪落地成花，一排排，一串串。

不知是什么人说过，人若是到了悲伤的极致之时，每一滴泪都仿佛是身体在滴血。

"烨儿，烨儿！"她一遍一遍地呢喃，仿佛看到那小小的人儿笑眯眯地叫她母后，仿佛看见那小小的人儿在冰冷的湖水中挣扎，仿佛看到……

不，她不敢去想，一想心口就疼，生生地被撕裂一样。

慕容无乐静静地站在她身旁，修长的身体斜倚在石壁上，目光怜悯而疼惜地看着地上泣不成声的女人，心中仿佛有什么在慢慢融化，却又说不清这些情绪究竟代表了什么。

她本该就是他的棋子，一个执棋的人亦绝不可能对棋子动不该有的心思。所以那一瞬间他做出决定，坚定地走过去将她从地上拉起来，右手死死掐住她的下巴让她看着自己，一字一顿地说："霍青桑，你那么聪明的人，难道还不明白？"

霍青桑身子一僵，踉跄着退了几步，身子正好撞在神台上，漆黑的牌位掉在地上摔成两半。

不明白吗？

都到了这个时候她还有什么是不明白的呢？只是这么残酷的事实让她如何去接受？

宫中未成年便早夭的孩子是不能立牌位的，可他偏偏在御书房的密室里供了烨儿的牌位。这意味着什么？恐怕没有人比她更清楚了。

这时，隔壁的石室里突然传来一阵呜咽声。

"看来还有人。"慕容无乐微微挑了挑眉，率先走了过去。

霍青桑小心翼翼地捧起地上摔成两半的牌位，转身跟了上去。

每一步都是那么沉重，仿佛踩在心上，疼得快要不能呼吸。千错万错是她的错，烨儿是何其无辜的啊！

走进昏暗的密室，浓郁的药味掺着血腥的味道扑面而来，前面的慕容无乐猛地停住脚步干呕起来。

"我倒是不知南宫曜还有这样的恶趣味。"慕容无乐忽然转身，温热的手轻轻覆上她的眼睛，"别看。"

霍青桑心底一凉，挥手将他推开。

"呕，呕！"

慕容无乐无奈地将她抱住："别看了。"

"不。"她却沉静下来，仿佛刚才那个几近崩溃的女子根本不存在一样。她紧紧地把烨儿的牌位抱在怀里，目光坚定而冷酷地绕过他看向那个女人。

不，也许不该说是女人，她只是一个被装进罐子里养着的活死人而已。

她苍白得如同一张白纸的脸上只有两个巨大的黑色窟窿，微张的嘴里漆黑一片，舌头显然也被拔掉了，所以只能偶尔发出一阵阵低沉的呜咽声。

"她是什么人？南宫曜为什么要把她关起来？"慕容无乐剑眉挑起，扭头看着突然大笑出声的霍青桑，"你怎么了？"

霍青桑悲痛到极致，却又觉得不可思议，直笑得眼泪直流，整张脸如同雪一般煞白。

慕容无乐静静地看着她，好似一下子看到了这个女人倔强的一生，心中竟然莫名地微微抽痛了一下。

"走吧！"她突然止住笑，紧紧抱着怀里的牌位，转身毫不留恋地大步离开。

"等等。"慕容无乐从后面一把拉住她，"你不好奇她是谁？为什么被关在这里？"

霍青桑挑眉冷冷地看着他拉着自己衣摆的手，忽而一阵冷笑："你既然带我来，难道会不知道她是谁？"她不是傻子，他能如此神通广大地打探到连她都不知道的事，必然是在南宫曜身边埋了很深的一颗钉子，当年的事，怕是他早已一清二楚。

慕容无乐的脸上闪过一丝讪讪的笑："有没有人说，女人太聪明总归是不太可爱的。"他松开手，笑容里带着一丝讥讽，"没错，我知道她就是当年的贤妃，你的烨儿死后不久，贤妃就突然病故了，南宫曜又急急忙忙处死了当时所有的相关当事人，刑部也第一时间做出了意外落水的判决，事情处理得极为仓促，甚至没有留下一个活口，难道你就不疑惑？"

"你到底要说什么？"她冷冷地看着她，凤眸里没有一丝温度。

当年的事她如何没有怀疑过，只是她没有证据，更不愿意把事情往南宫曜身上牵扯，即便他那么不喜欢烨儿，可烨儿毕竟是他的孩子，她不相信他真的会出手要了自己孩子的性命。可是今日她却不那么肯定了，如果当时烨儿的死与他没有一丝关系，他何以要在密室里凭吊烨儿，且偷偷把贤妃弄成那副生不如死的模样养在密室呢？

若不是有心要隐瞒什么，他大可以直接调查并治罪贤妃，而不是用这种匪夷所思的手段报复一个曾经睡在他枕畔的女人。

南宫曜啊南宫曜，原来我霍青桑从来没有看清过你，原来这么些年，我不过是活在自己给自己编织的一场梦境之中，如今梦醒了，残酷的现实让我如何去面对呢？

她的心在流血，却不能在面前的男人眼前发作，只能紧紧地抓着烨儿的牌位，仿佛落水的人抓住最后一根浮木。

"当年刑部主审此案的是苏牧。"慕容无乐出声，果真见霍青桑单薄的身子微微一颤，险些栽倒。

"当年刑部侍郎是左大人。"她艰难地开口。

"苏牧是带着密旨主审此案的。"

"你跟苏皖到底是什么关系？"她冲过去一把揪住他的领子。

慕容无乐看着她，好看的薄唇勾出一抹极为清浅的笑："你当年为何执意要把她送到西域？"他微敛着眉，俯身在她耳边用西凉的语言说了一句话。

霍青桑当场愣住，难以置信地看着他："难道你是，你就是那个'主公'？"

当年她之所以一定要南宫曜将苏皖送走，是因她无意中见过苏皖在麻雀胡同的一处小院里密会一名黑衣人，虽然当时离得远，但隐约听出那人说的并非汉话。

当年她随父亲在边关待了好几年，曾经对一些番邦的语言有所研究，凭着只言片语也猜测出那人是西凉国的。

那时夺嫡之争越演越烈，霍家和南宫曜都容不得一点差池，哪怕是一些看起来无足轻重的小细节也很可能导致夺嫡失败，到时候不止是南宫曜，连同霍家也一并会受到牵连。

那么敏感的时候会见西凉人，苏皖的身份已然是一个变数。而她容不得这个变数。

或许人都是自私而盲目的，她只看见了苏皖的变数，却从没顾虑过南宫曜的感情，是以在后来的一系列事情中无意埋下了一枚隐形炸弹。如今时光流逝，那些仇恨并没有跟随时光消逝，反而越积越深，直到两人越走越远，终究无法回头。

慕容无乐带笑望着她，似乎丝毫不担心她会去找南宫曜告发他。

霍青桑扪心自问，她能告诉南宫曜吗？即便是告诉他了，他又会信吗？

她露出一个自嘲的笑容，他不会的，当年不会，现在也不会。

"我已经没了当年的勇气。"她疲惫地叹了一口气，目光环视这昏暗的密室，只觉得浑身都在发冷，怀里的牌位好似在无声地哭泣，好似在怨怼她这个不尽责的母亲。

烨儿，对不起！对不起！

她低头看了一眼怀里的牌位，终究没有将它带走，转身的瞬间，眼泪夺眶而出。

这一夜，霍青桑做了很多梦，关于烨儿的，关于南宫曜的，关于霍庭东的，可最后每个人都渐行渐远，只有她独自留在原地。

"烨儿！"猛地从梦中惊醒，昏黄的烛光下，那人修长的身影显得格外萧瑟，他就那么静静地站在床头，目光灼灼地看着她，晦暗的脸上看不清表情，只是周身散发着一股无法忽视的悲伤。

他伸出手，冰凉的指尖轻轻碰触她湿漉漉的额头，轻柔得仿佛在碰一尊易碎的玻璃娃娃。

四目相对的瞬间，她仿佛看见了他眼底的泪光。她微微侧过头，不想再看见他，心底的疼已经堆积到不可控制的地步，她已经无力再继续假装下去。这一刻，她是生出了恨的，那么明显，那么清晰，仿佛化成了一把刀，一下一下地割着她的心头肉。

"青桑。"他突然低下头，遂不及防地吻住她冰凉的唇。

瞬时，一股淡淡的馨香沁入鼻端，她用力将他推开："我现在不想

见你。"那股浓烈的香气让她恶心，让她觉得自己在他眼中就是个笑话。他刚刚还在苏皖的床上，现在又跑来这里是为了什么？

她冷笑着从床上一跃而起，森白的匕首从袖口挥出，直直地朝他的胸口刺去。

两寸，一寸，刀锋没入里衣，殷红的血染红了他明黄的袍子。

"为什么不躲？"她痛苦地闭了闭眼，猛地抽出匕首，"滚！"

"你都知道了。"不是问句，他的话如同一击重锤狠狠地击在她心头，"烨儿的牌位摔坏了。"他径自说着，任凭胸口被血浸染。

她不想听，不想看，转身想离开这个令她窒息的地方。

"别走。"他猛地从后面一把抱住她，湿漉漉的气息喷在她颈间，声音里带着哭腔，"青桑，别走，我们还会有孩子的。"

"啪！"

"青桑。"

"不会有了，再也不会有了！我不会有你的孩子！南宫曜，永远不会！"她疯了似的冷笑，看着他痛苦的表情，心中涌起一阵快意的感觉，那些压抑了的痛似乎只有用彼此的伤害才能抚平。

"青桑。"他惊慌地看着她近乎癫狂的表情，双臂死死地将她揽进怀里。这一刻，他突然生出无限的惊恐，他在害怕，他在颤抖，因为他知道，她已经将他推出心门之外，而他除了这样紧紧地抱着她之外别无他法。

他疯狂地吻她，激烈的，霸道的，甚至是惊慌的，似乎只有这样激烈的纠缠才能让他安心，才能让他真切地感觉到她还在这里。

顾不得胸口的疼，他仿佛一只受伤的困兽，只有借由这惨烈而凶残的占有才能抚平内心的不安。

霍青桑茫然地看着他，心口已经感觉不到疼。她看着他，那么陌生而又熟悉，这一刻，她忽然有些慌乱，好似连当初那种初见时的悸动都记不得了。

"青桑。"他俯身伏在她身上，埋首在她颈间，闷闷的声音里带着一种说不出道不明的哀伤。他紧紧地抱着她，然而却越发觉得不安，他想说些什么，可又能说什么呢？

好长时间，他们谁也没有说话，空气中弥漫着一种哀伤，谁也跨不过去，哪怕是紧紧依偎，仍旧如隔了万水千山。

"青桑，我这里疼，很疼，很疼。"他猛地抓住她的手按在胸口，目光却仿佛隔着遥远的距离看向回忆里的某个片段，他说，"烨儿说他冷，很冷很冷，我看见那么幼小的他在水里浮浮沉沉，他喊我父皇……"说到这里，他已然泣不成声，整个人就像着了魔障一样，双手死死地掐着她纤细的肩膀，"我该去救他的，我为什么不去救他？如果我去救他而不是等那些侍卫跳下去，他也许不会有事的。"他压抑地嘶喊着，眼前又浮现出那天的情形，他比其他人更早赶到事发现场，看着那小小的人儿在水里挣扎，如果不是他在那一刻生了侥幸的心思，如果不是有那片刻的迟疑……

"我以为侍卫会救起他，我……"他已泣不成声，他没想过要烨儿死，他只是在那一刻想到了霍家，想到了霍青桑，想到了烨儿是霍青桑的孩子，想到了她亲手逼他送走苏皖时的情景，那一刻，他是有过一丝

卑劣的念头，如果她也痛失所爱会是什么心情？

可是他忘记了，那亦是他的孩子，饶是他如何地不喜欢，当他看到他小小的身体青白冰冷地躺在那儿的时候，才突然觉得钻心地疼，才觉得自己是多么丧心病狂。

他甚至不敢去明着处置推孩子下水的贤妃，因为他知道，当他站在湖边的那一刻，她也在远处看着他。她说，皇上，难道那一刻你就没有想过让他死？

他无地自容，他觉得他连悲痛的资格都没有，可他心里是那么的痛，那么的悲伤。他一次次地虐待折磨贤妃，却又有谁知道他不是在借此折磨自己呢？

可这些他又能与谁诉说呢？今日他在雅芳殿看着乾儿，心里猛然想起那个早夭的孩子，便再也无法在雅芳殿待下去。他狼狈地逃到御书房，却见到烨儿的牌位被摔成两半。那一刻他觉得自己的心都死了，可又情不自禁地松了一口气，她终于知道了是不是？是不是？

霍青桑整个人如同浸入冰冷的池水里一样，不能出声，不能呼吸，眼泪无声地落下，心亦碎成万千碎片。

第九章 剜心之痛

1 同床异梦

次日，雅芳殿。

"你确定皇上受了伤？"苏皖冷冷地看了一眼跪在地上的小太监，脸上的表情晦暗不明。

"回……回娘娘，是真的，今早皇上从舒兰殿回了乾清宫，马上叫了太医院的太医，刘公公亲自从内殿抱着血衣出来的，在后园悄悄给烧了。"

苏皖手里的茶杯一抖，滚烫的茶水落在玉白的手上："啊！"

"娘娘！"小太监吓得脸色微白。

"没事。你先下去吧，这事绝对不要说出去。"

小太监点了点头，跌跌撞撞地跑出雅芳殿。

"你怎么看？"苏皖转身，目光灼灼地看着不远处的白玉屏风，"现在我们该怎么办？她已经知道你我之间的关系，难道她不会告诉皇上？"

屏风后传来一个温润低沉的男声："她不会。如果会，便不会刺伤南宫曜，只是火候还不到，我们还需加一把火。"他太了解那个女人了，如果不是彻底心死，她绝对不会背弃南宫曜。思及此，他又无限羡慕南宫曜，他何德何能，可得到霍青桑如此掏心掏肺的对待？

大殿里一下子陷入沉默，苏皖紧抿的薄唇勾出一抹冷笑，好一会儿才道："我真想看看，皇上若是知道霍青桑一直偷偷吃避子药，会是什么表情？"

屏风后没有人回答，她知道他已经离开。

这时，隔壁的侧殿传来一阵婴儿的啼哭声，她忽而一笑，灿如春花。

那是她的儿子，大燕皇帝唯一的儿子，也是未来的大燕国君，而她将成为这全天下最尊贵的女人，而霍青桑，不过是个可悲的可怜虫而已。

仅此而已。

霍青桑接过素衣手里的药碗，没有一丝犹豫就把碗里的药一饮而尽。

"娘娘，您最近的脸色不好。"素衣有点担心地看着她，不知道是不是错觉，最近她总觉得娘娘的身体似乎越发孱弱了。

"是吗？"霍青桑把药碗放回托盘，不经意地看了眼一旁桌上的饭食，一股腥味突然袭来，胃里翻江倒海般难受。

"呕呕！"

"娘娘！"

霍青桑挥了挥手："没事，只是胃有点难受。素衣，你去叫杨嬷嬷，我有些话要跟她说。"

　　"可是娘娘，奴婢还是给您传太医吧！"素衣担心地看了她蜡黄的脸一眼。

　　"不用，去吧。"

　　素衣还想再说什么，却被她打断："去吧！叫了杨嬷嬷就去御膳房拿些桂花糕回来。"

　　"桂花糕？"素衣微愣，"娘娘不是好久不吃桂花糕了吗？"自从大皇子去了之后，皇后便不曾再用过桂花糕了。

　　霍青桑抿唇一笑，眼中闪着泪光："只是突然想吃了。去吧！"

　　素衣没再说什么，转身退了出去。

　　"呕呕呕！"

　　直到素衣推门而出，霍青桑才转身抱着痰盂一阵干呕。

　　杨嬷嬷进来的时候，便见她惨白着一张脸坐在床上，脸上的表情有些凝重，或则说是冰冷。

　　杨嬷嬷已经很久没见过她露出这种表情了，心底一凉，赶忙问道："娘娘，您这是怎么了？"

　　"我有孕了。"

　　"什么？"杨嬷嬷难以置信地看着她，"娘娘不是吃了避子药吗？"

　　霍青桑抿唇冷笑，双手交叠置于腹部："素衣。"

　　杨嬷嬷心头一震："娘娘的意思是，素衣是皇上的人？娘娘要她去找萧医女拿的避子汤，被她偷偷置换掉了？"

　　除了这个还有别的可能吗？

这宫里希望她怀孕的除了南宫曜还能有谁？只是她没想到他竟然把素衣收买了。素衣是她从宫外带进来的丫鬟，若是被南宫曜收买，怕也只是她在燕山时才有机会被拉拢过去吧！

思及此，心里不免一阵揪疼。

"那娘娘现在如何打算？"杨嬷嬷脸色微白，也有些六神无主，想劝她留下孩子，却又怕刺激到她。

如何打算？

霍青桑悲哀地想，事情已经走到这一步，这个孩子的到来显然是不合时宜的，她与南宫曜之间已经不可能了，何况还有一个苏皖。

苏皖，慕容无乐，他们到底想要干什么？

她不是傻子，慕容无乐引她去御书房的目的很明确，就是想要她和南宫曜彻底决裂。一旦她离开，霍家军在边关起事，对于大燕来说绝对不是一件好事。

况且，南宫曜现在只有南宫乾一个孩子，若是南宫曜意外暴毙，南宫乾登基，霍家又与南宫曜决裂的话，整个朝堂必定大乱，到时候慕容无乐在背后挟天子以令诸侯，大燕必然在某一天被西凉铁骑肆意践踏。

这人好深的谋算。

她忍不住在心中感叹，也有些明白南宫曜当初和慕容无风结盟的初衷了。若是慕容无风这样无才的太子继承了西凉的皇位，大燕要控制西凉并非难事，可若是换成一个有野心有能力，且对中原虎视眈眈的阴谋论者，则绝非一件好事。

"娘娘？"杨嬷嬷小心翼翼地唤道。

"嬷嬷。"霍青桑一脸正色地看着杨嬷嬷，眼神无比坚定。

杨嬷嬷心中隐隐有些不安："娘娘，您有什么事尽管吩咐老奴去做。"

霍青桑严肃地点点头："我现在手里有一封书信，你想办法送出宫去，联系上霍家军在汴京的联络人，快马加鞭送到闽州。"

杨嬷嬷微愣："娘娘是何意？"

霍青桑摇了摇头："嬷嬷，你就别问了，我自有打算。"

"好吧。可是，娘娘您现在的身子……"

霍青桑微微一愣，忽而一阵苦笑："你去找萧医女来。"

"娘娘。"

"别说了，去吧！"她疲惫地闭上眼睛，可一闭上眼睛，就会看见烨儿在冰冷的湖水里挣扎的画面。

"母后救我，母后救我！"

她恍惚地伸出手，却永远也抓不到他小小的手了。

烨儿，是母后对不起你，是母后对不起你……

"娘娘，娘娘您怎么了？"朦胧中，有人在耳边轻声呼唤她。

霍青桑缓缓睁开眼，刺眼的阳光从洞开的窗棂射进来，她竟然不知不觉就睡着了。是呀，若是不睡着，又如何能见到她的烨儿呢？

她苦笑着坐起来，双手轻轻抚摸平坦的小腹，孩子，不是我不要你，只是不忍你来这世上遭罪。你若是能听到我的话，愿你下辈子再也不要投身帝王家。

她扬眉坚定地看着萧医女："萧医女，杨嬷嬷可是跟你说了？"

萧医女脸色微白，有些为难地看着她："说了，只是……娘娘真的不想要这个孩子？"

不是不想要，是要不起。

她苦笑着摇了摇头，刚想说话，紧闭的殿门被人一脚踹开，南宫曜面色青白地站在门外，身后跟着战战兢兢的素衣。她胆怯地看着霍青桑，脸色雪白，整个人仿佛都在发抖。

"你来干什么？"霍青桑冷冷地看了素衣一眼。这一眼仿佛一把淬了毒的刀，让素衣瞬间有种窒息的感觉，她缩了缩肩，不敢言语。

"你就真的这么不想要朕的孩子？不仅偷偷喝避子汤，现在还想要打掉这个孩子，霍青桑，你还有没有心？你的血就真的是冷的吗？"南宫曜失望地看着她，突觉胸口一阵闷闷的疼，天知道他有多期待这个孩子，有多想弥补当年的错误，可她为何要如此残忍，连他这么点心愿都要剥夺？

他愤恨得浑身发抖，目光灼灼地盯着她紧抿的薄唇。

不要说，不要说，哪怕是假的，骗一骗他也是好的。

可她偏偏连骗他都不愿意做了。

她冷笑道："为什么不可以？即便我生下来又如何？他没有一个可以护他周全的父亲，难道要让他和他早夭的哥哥一样不明不白地死去？便是他有幸能长大，他不见得会遇见一个像我这样一个女子，不顾一切替他谋算未来。这天下，一个霍青桑已是悲剧，何苦再来一个？我也不允许我的孩子一辈子活在仇恨和阴谋之下。"她静静地看着他，在他看来，这只是一个子嗣而已，可她已经再不是当年那个无知任性的少女，

这个孩子的出生未必就是霍家的福祉，也未必能让两人之间的感情有所恢复，这就好比一面摔碎的镜子，永远无法完好如初。

南宫曜恨恨地望着她，不知道这个时候还能说什么，只觉得愤怒，胸口剧痛，不自觉地就想用蛮横的手段使她屈服。他也看不透自己了，明明那么恨她，那么厌恶她，现在却还要拼了命地留下她。

他挫败地看着她，回头朝身后的素衣道："好好伺候娘娘，娘娘若是有丝毫闪失，朕要整个舒兰殿的人陪葬。"

他最后深深地看了眼霍青桑："青桑，你懂的，朕说到做到，无论如何，这个孩子朕一定会保住！"他说得信誓旦旦，却也只有他自己知道，他每日梦魇，每日惶恐，只怕她真的就这么决绝得连这个孩子也扼杀掉，那他还要如何才能留住她？

2 合谋

雅芳殿。

"娘娘，事情有变。"宫女战战兢兢地看着软榻上正在给小皇子擦拭嘴角的苏皖，心里隐隐有些不安。

"何事？"苏皖收好帕子，扬眉问道，"不是要你去乾清宫透露舒兰殿的事儿吗，怎么这么快回来了？"

宫女脸色一白，"咚"的一声跪倒在地："娘娘，皇上从舒兰殿回来了，舒兰殿的奴才全被打了，太医院去了三个院士，说是，说是……"

苏皖凝眉："什么意思？"

"皇后娘娘有孕了。"

"什么？不可能，她明明偷吃避子药，不可能的。那日你不是亲眼见到舒兰殿的宫女去太医院抓避子药的吗？"绝不可能，霍青桑怎么可能在知道了所有事情的时候，还给南宫曜生孩子？

这绝不可能，可是，她遽然僵住了。

她忘了，忘了霍青桑不愿，不代表南宫曜不愿。

自从南宫乾出生之后，南宫曜已经很少来雅芳殿了，难道他是想要霍青桑给他生孩子？

想到这里，她不由得一阵战栗，怀里的孩子似乎感觉到了她的情绪，竟哇哇大哭起来。

"哭，哭什么哭？"她低头狠狠地瞪了孩子一眼，忍不住冷声道，"哭有什么用？这宫里最见不得别人的眼泪。"

她仿佛陷入自己的幻境里，想到多年前的南宫曜，想到多年前的自己，那时她也时常因为一些委屈而哭，那时还有他真心实意地怜着自己，她也不是没有真的动心过，她也曾想过要一心一意跟着他，有他护着，即便不回西凉也是好的。

可到底还是失望了，当他决定将她送到西域的时候，她便知道，她所求的爱情于她来说是多么的奢侈，她的命运从来不掌握在自己的手里，她生而为棋子，一颗棋子又怎么可以有感情呢？

思及此，她心中已是一片冰寒，紧紧地抱着怀里的孩子。为了这个孩子，为了自己，她已经别无选择，她能做的，只有拼了命让他坐在那个位置上。

"娘娘，现在要怎么办？那素衣很可能是皇上安排在舒兰殿的人，现在舒兰殿里戒备森严，恐怕……"

她未说下去，门外已经传来宫人尖锐的喊声："淑妃娘娘来给皇贵妃请安。"

苏皖一愣，"扑哧"一声乐了，想必她也是得到舒兰殿的消息了，这就来找自己想法子了吗？

这宫里恨霍青桑的，可不止她一人而已。

"给本宫更衣，本宫要好好和淑妃妹妹叙叙旧。"

淑妃的脸色并不好看，掩在厚重脂粉下的脸显得多了几分沧桑和哀怨。她端正地站在大殿里，见到苏皖的时候心里本是不屑的，可尽管她如何瞧不上面前艳丽无双的女人，还是不得不承认，这个女人比自己有手段，比自己更能抓住皇上的心。

她的心宛如油烹一样难受，她想起那个失去的孩子，虽然即便是生下来也未必能存活多久，可她依旧心里难受，特别是苏皖生下小皇子后，霍青桑又再次有孕。

她怕，当然她也知道面前的女人更怕。如果霍青桑真的生下个小皇子，那便是嫡长子，其身份可想而知。

"贵妃娘娘金安。"她轻轻开口，半蹲着施礼。

苏皖沉静地坐在贵妃榻上："妹妹快坐吧！"

两个女人相视而坐，忽然间又不知道该说什么了。好一会儿，还是淑妃打断了这令人窒息的沉默："舒兰殿那边来了消息，皇后娘娘有孕了，姐姐作何打算？"都是聪明人，这种时候便没有必要再绕圈子了，总之不能让霍青桑一家独大，只要斗倒了霍青桑，其他人便各凭本事了。

宫里人都不是傻子，虽然苏皖生了皇子，可到底是个经历尴尬的女人，母仪天下的那个位子她是坐不得的，这也是她敢来找苏皖合作的主因。

苏皖怎会看不出她的心思？便抿唇轻笑："但听妹妹之言。"

……

霍青桑有孕的消息，无疑在后宫里一石激起千层浪，向来冷清的舒兰殿一下子门庭若市，各宫里送来的吃食用具一一被素衣登记入库，却从未在舒兰殿使用一二。

第二日，刘全便直接从乾清宫带了几个得用的奴才来了舒兰殿，美其名曰伺候皇后娘娘，说白了，不过是南宫曜派来监视她的。

此后，但凡是舒兰殿的吃穿用度须得全部检验，每隔三日更是有太医院的太医前来诊脉。

"刘全。"南宫曜心烦意乱地放下手里的狼毫，扭头看了眼一旁伺候的刘全。

"奴才在。"

南宫曜犹豫了片刻，还是道："舒兰殿那边怎么样了？"那日之后他便未再去过舒兰殿，不是不想，是不敢，怕见她决绝的表情，怕听她如刀子般的话语，更怕面对她埋怨憎恨的眼神。

刘全支支吾吾了半天，一想到舒兰殿里兵荒马乱的情景，真不知如

何开口。

南宫曜见他这副模样不由得大怒："说！"

"皇上。"刘全惊得"咚"的一声跪倒在地，"娘娘她，娘娘她……"

"滚！"南宫曜一脚踹开刘全，腾地从龙椅上站起来，"摆驾舒兰殿。"

彼时，舒兰殿里的上上下下老老少少没有一个不提着心过日子的，皇后也不知是哪门子邪神附体了，明知道自己身怀龙子，竟然比往日还能折腾，好端端的竟在院子里耍鞭子。

杨嬷嬷带着几个嬷嬷和宫女站成一排拦在殿门口，素衣早就吓得脸色苍白，抓着霍青桑那根金鞭死活不放手。

"都给本宫让开，听见没有？"霍青桑凝眉看着一群宫女、嬷嬷、太监、侍卫，忽而一阵冷笑，"信不信本宫一刀宰了你们？"说着，她伸手利索地甩出袖口的匕首。

众人只觉得眼前寒光一闪，也不知是谁的头发落了地，人群里传来一声尖叫。

"啊啊啊！"

"是小卓子。"

"小卓子，刀呢？"

一群人乱了套，霍青桑冷冷地看着一旁的素衣，冷笑道："怎么？你也想尝尝刀子？你倒是对皇上忠心，也不知死了皇上能不能给你些封赏？"

素衣从来没见过霍青桑露出这种表情，吓得脸色惨白一片，双手却又死死地抓着鞭子不放。

"拿来。"

"娘娘，您就别为难奴婢了。"素衣"咚"的一声跪在地上，"娘娘，请您念在皇上的分上，保重凤体还有小皇子啊！"

"皇上？"霍青桑神色一下子冷了几分，伸手一把扯过金鞭，微敛的目光里闪过一丝痛楚。

如果，但凡是有一点希望，她又何尝不想要这个孩子呢？

可是她不能。

清脆的鞭声回荡在偌大的舒兰殿里，一鞭鞭，一声声，仿佛每一下都抽在她身上。她疯狂地舞动金鞭，鞭影晃动中她似乎都能听见那孩子的哭声和自己眼泪落在地上的声音。

疼，却必需舍弃。

南宫曜一进舒兰殿，便见到她疯了一样舞动金鞭，轻盈的身体上下腾跃。

"青桑，停下来。"他不顾一切地冲过去，在金鞭织就的荆棘之网中穿行，最后紧紧地搂住她的腰，将她抱在怀里，"青桑，停下来，停下来！"

是谁？

是谁在叫她？

霍青桑宛如中了魔，她听不见，看不见，只是疯了一样地挥动手中那根金鞭，疯了一样地摧毁，就在她以为自己将在这疯狂的肆虐中死去

的时候，是谁抱住了她？

他的气息那么熟悉，他的体温那么炙热，曾经无数个夜里她渴望这个怀抱，可是等来的全是不能磨火的痛。

如果爱情从一开始就注定是一场痛彻心扉，那么，她不要了。

她颓然地丢下鞭子，低头一把抓住他的手臂，狠狠地咬了下去。

血腥的气息在口中弥漫，直到眼前有一道道白光闪过，耳边的声音越发嘈杂，她恍惚地眨了眨眼："南宫曜？"她低喃一声，终究精疲力竭地昏了过去。

3　庭东之死

南宫曜看着霍青桑苍白的脸，心中亦非苦涩二字可形容。他知道她不想要这孩子，可没想她会如此决绝。

佛说，人生有八苦，怨憎恨，爱别离，求不得，放不下。

他想她也许就是他一生的劫，求不得，放不下，明知道两个人之间已经走到穷途末路，却仍旧舍不得放下。

"皇上。"刘全战战兢兢地站在门外，一副欲言又止的模样。

"嗯？"他拉起她扭曲枯黄的右手，用断续膏一遍遍地推拿揉搓，直到枯黄的皮肤渐渐泛出淡淡的光泽。

他轻轻叹了口气，心口微疼："说吧！"

刘全自是看不到床榻上的霍青桑，只是见到那只垂出帐外的枯瘦右手，想起当年那明艳傲气的少女，心中不免生了些许伤感。

"闽州战报。"他的额头渗出细密的冷汗，实在是事出突然，若非如此，他也不敢在这个时候来触霉头。

南宫曜的手一僵，剑眉微挑："多派一队御林军给舒兰殿，若是皇后再有这般举动，令御林军直接把舒兰殿所有奴仆杖毙。"他沉声说道，低头看了眼霍青桑，弯腰在她冰凉的眉心落下一吻。

南宫曜回到御书房，追云已经等了些许时候。

"皇上。"

南宫曜摆了摆手："闽州战况如何？"

追云脸色一片青白，好一会儿才道："霍家军势如破竹，连取闽州三座城池，将楚郡王围困在锡城。"

南宫曜抿唇不语，他知道后面必有转折，否则追云不会急着见他。

"可是十天前，霍庭东突然失踪。臣沿途追了一百五十里，在闽州与兖州边际的一处林子里找到了他的尸体，随行的还有三十二精骑卫，全部死亡，无一活口。看现场，倒是与去年慕容无风之死是同一伙人所为。"

南宫曜一愣，大掌一挥，桌上的奏折散落了一地。

"皇上。"

"此事绝对不可让皇后知道。"他长长地叹了一口气，"还有，西凉那边可是有什么消息了？西凉国主果真要立慕容无乐为太子？这个时候他来大燕，倒是有些耐人寻味。"尤其想到他与霍青桑曾有过那么一段时间的纠葛，心中越发不是滋味。

"探子说，西凉国主正在急急给他铺路。"

"你觉得慕容无风的死，可是与他有关？"否则怎么会那么巧出现

在燕山?

追云沉默了片刻："多半是他所为。只是他这次为何要杀霍庭东？霍庭东又怎么会突然离开闽州？"

南宫曜抿唇不语，于他而言，西凉国并不需要册立一个多有能力的太子，那对他的大燕是个威胁，而慕容无乐恰好就是。

他心中冷笑，想来慕容无乐也不会无端出现在大燕，他的目的是什么？分化他和霍家？

"你要人看着慕容无乐，另外，派可靠的人去霍府查，包括和霍庭东有任何关联的人，务必找到虎符！"霍庭东之死的消息一旦传开，霍家军必然大乱，闽州一带就再难收复。

"是。"追云转身刚欲走，又突然转回身，"皇上，臣还有一事要说。"

"说吧。"

"关于霍云之死，其中苏牧确实动了些手脚。"追云道，心中亦有些惋惜，霍云本就是顶天立地的汉子，如今惨死狱中，倒也让他生了一种兔死狐悲的感慨。

伴君如伴虎，便是如此吧！

舒兰殿。

仿佛这一觉睡得太过深沉，以至于霍青桑醒来的瞬间感到极度的疲惫，甚至有一种恍惚的感觉。

摇曳的烛光把那人的身影拉得细长细长，她微微挑了挑眉：

"谁？"

那人幽幽地转身，却是一张没有五官的苍白面孔。

灼热的夏风从洞开的窗棂吹进来，她忍不住瑟缩了一下肩膀，伸手去摸枕下的匕首，却猛然想起，怕是早已被素衣取走了。

那人穿着一身月白的长袍，脸上没有五官，偶尔风一吹过，一股浓郁的腐臭味扑面而来。

"你是人是鬼？"她一把抓住床边小几上的茶壶，表情凝重地看着那人，不，也许无法称得上人。

那怪物也不出声，突然身形一晃，霍青桑只觉得眼前一道白影闪过，他已经扑了过来，冰冷苍白的五指死死地掐住她的脖子。

"呜呜呜呜！"她奋力挣扎，可那怪物似乎力大无比，她从床上摔下来，却无法挣脱他冰冷的手。

呼吸越发困难了，她用尽力气举起手里的茶壶狠狠地往他头上砸。

"啪！"

"砰！"

茶壶落地的瞬间，殿门被人从外面拉开，杨嬷嬷和素衣苍白着脸冲进来，一进门便见霍青桑衣衫凌乱地坐在地板上，床脚边是碎裂的茶壶。

"娘娘，您怎么了？"素衣忙冲过去。

"我怎么了？"霍青桑恍惚地眨了眨眼，"他呢？"

"谁？"杨嬷嬷担忧地顺着她的视线望去，除了那只碎裂的茶壶什么也没有。

"你们没看到吗？"

"看到什么？"

"怪物。"

洞开的窗棂吹进阵阵灼热的风，空气中好像还残留着那股浓郁的腐败气息，可他却不见了，在茶壶砸到他的瞬间不见了。

"娘娘，您太累了，老奴扶您起来。"杨嬷嬷朝素衣使了个眼色，两人合力将她从地上拉起来。

霍青桑苦涩一笑，凝眉看了眼窗外。

是她看错了吗？

可那感觉何以如此真实？

这一夜，她未再成眠，直到鸡鸣时分才浑浑噩噩地睡过去。

"娘娘！娘娘？您醒醒！"

"谁？"霍青桑微微拧了拧眉，缓缓地睁开眼睛，"你是谁？"

"我是素衣啊！"

"素衣？"她晃了晃头，"不，你不是，你是谁？"她从床上一跃而起，一把扣住素衣的脖颈，"你说，你到底是谁？不，你不是人，你是妖物！"

"娘娘，娘娘您怎么了？奴婢，奴婢喘不过气了。"素衣惶恐地看着霍青桑，脖颈上的手越收越紧，"娘娘。"

外殿的宫人听见动静纷纷跑进来，一见霍青桑这模样，亦是吓得魂不附体。

"娘娘，您怎么了？快放了素衣。"杨嬷嬷推开人群冲进来。

素衣?

不，她不是素衣，她是……她是什么？眼前的五官怎么好像一下子模糊了呢？耳边是谁在叫她？

"娘，娘，娘！"小小的娃儿就坐在窗台上，晃动着一双小胖腿朝她挥手，"娘，娘你过来啊！"

"烨儿，是烨儿，烨儿你回来了。"她一把推开素衣，提着裙摆往窗口跑。

"青桑。"

南宫曜沉着脸冲进来，人还没进门，便听见了里头乱七八糟的尖叫声，紧接着便是霍青桑的呼喊。

方才他刚下了早朝，人还没回御书房就被刘全半途截住了，说舒兰殿出事了，他本以为她又做出自残行为，没想到竟然是这般模样。

宛如一夜之间就清瘦了许多，单薄的身子裹在一件素白的衬裙里，整个人显得那么娇弱清绝。她静静地站在窗口，双手虚环着，温柔的样子仿佛怀中揽着最为珍爱的珍宝。

"烨儿，烨儿别怕，母后在这里呢。"她幽幽转身，目光对上他的时候一愣，随即疯了一样抓起桌上的茶壶往他身上砸，"滚，你这个混蛋，滚！你又要害我的烨儿是不是？是不是？滚啊！"

"霍青桑，你到底在干什么？"南宫曜恼怒地大吼，侧身躲开飞来的茶壶，大步冲过去一把将她抱在怀里，恨声问道，"你到底要怎么样？到底要怎么样？"他也痛的，他也会痛的，烨儿的死他难道就不痛吗？他都已经做到这样了，她还想怎么样？

　　霍青桑仿佛听不见他语气中的挣扎和痛苦，只是恶狠狠地瞪着他：
"南宫曜，南宫曜，你杀了我，杀了我吧，别杀烨儿。"她疯了一样地
笑，那笑容仿佛一把刀，猝不及防地扎进他心里。

　　"青桑，你冷静点。"他用力将她抱紧，生怕一松手，她就这么没
了。

　　"冷静？"她忽而一阵冷笑，微敛的眉眼中带着一丝妖娆的妩媚，
却毫不留情地突然拔下头顶的银簪刺进他的胸口，"南宫曜，我恨你！
比你想象的还要恨！别跟过来，我不想见你，不想见，不想见！"

　　"青桑。"他顾不得胸口的痛，声音里带着一丝惊惶，"你得看太
医，青桑。"

　　太医？是啊，她病了，她自己怎么会不知道呢？可这病太医如何治
得了？是要剜了她的心，直到它再也不能跳动吗？

　　"南宫曜，别逼我杀了你，别逼我。"她癫狂地笑，眼泪从眼眶汩
汩滚出，"不要追出来，除非你想我死。"她定定地望着他，脑中仿佛
有一个声音在不断地催促她，离开，离开这个男人，否则你会杀了他
的。她完全无法控制自己的身体，那是流淌在血液里的嗜血冲动，是只
有杀戮和血腥才能填平的沟壑。

　　她不顾一切地冲出去，飞扬的衣袂带着一种决绝，一种无声的控
诉。

　　南宫曜怔怔地看着她消失的方向，只觉得整颗心都被揉碎了，再也
难以自持。

　　"皇上，您的伤……"刘全战战兢兢地走上前。

"要人跟着皇后。"

"可是皇上您……"

南宫曜自嘲地笑了笑，至少她还留了情面不是吗？至少她没有刺进他的心窝，至少她还是在意他的是不是？

他神情凄惶，觉得自己就是个自欺欺人的傻子，可是他又无论如何也不肯放手。不能放，便要不择手段地抓住。

"素衣！"

"奴婢在。"素衣始终低垂着头，担心地看着窗外，不知皇后娘娘到底跑去哪里了。

南宫曜敛眉看了眼她脖颈间的瘀痕："到底发生什么事了？她的情绪最近何以如此不稳定？"

素衣"咚"的一声跪倒，脸色微白，颤声道："回皇上，娘娘她最近确实情绪极其不稳定，看着，看着……"

"看着如何？"

"倒像是得了失心之症，昨天夜里不知是梦魇还是如何，说是看见了一个无脸男人，今早又差点杀了奴婢。"她一五一十地把霍青桑最近的情况说了一遍。

"啪！"

桌上的鸾鸟朝凤瓶被南宫曜一巴掌扫落："为什么不宣太医？"

素衣吓得连忙磕头："是娘娘不允我们宣太医的。"

南宫曜微微一愣，目光在殿内扫了一圈，沉声道："刘全，找人查，但凡皇后接触过的衣食住行之物全部查看，是否有不妥之处。"

　　刘全脸上渗出丝丝冷汗，心中"咯噔"一下，忽而想起一桩十几年前的旧事。那时皇上还是皇子，皇上的生母容妃突然间得了疯魔之症，后来欲行刺先皇却被打入冷宫，最后被悄悄处死了，看来这后宫从来都不是干净的地方……

　　他不敢再想下去，只觉得每走一步都重若千斤。

第十章 曲终人未散

1 小产

御花园里修剪花圃的几个小宫人正聚在休息的小亭子里话家常：

"我听说闽州那边打了胜仗。"短衣打扮的小太监一边擦汗一边道。

旁边的小太监立即露出惊讶的表情："闽州？倒是情理之中的，霍家军所到之处少有败仗的，那霍将军也是个战神样的人物，去年皇上邀他和霍老将军入宫赴家宴我远远地见过，一身的锐气挡也挡不住。"

短衣打扮的小太监叹了口气："对，就是霍将军，不过可惜人却没了。"

"什么人没了？不是好好地在闽州吗？"

"不是，我听乾清宫里的人说，霍家军围攻锡城的时候，霍将军突然回京，半途被人劫杀了，这事还是个秘密，可别说出去了。"小太监一本正经地说，瞟了眼不远处的花丛，压低声音说道，"尸体都找到了，还有三十二铁骑。"

"就你知道得多，指不定又是从哪个人嘴里听到的瞎话。乾清宫里的宫人嘴多严实，你在雅芳殿怎么会知道？"人群里有人插话。

那小太监神秘一笑："嘿，我当然是瞎编的。"

"不过瞧着你面生，是新进宫的？"

"是啊！"

"呵呵，雅芳殿可是个好地方，正得宠呢，又有皇子，呵呵，指不定将来就飞黄腾达了。"小太监抿唇轻笑，目光扫过不远处牡丹丛中一闪而过的衣袂，眼底闪过一抹得逞的光芒。

庭东死了？

庭东归京，半途被劫杀，还有三十二骑？

不，怎么就死了呢？怎么就死了呢？

小太监的话犹在耳际，霍青桑抬起头，艳阳依旧，她却突然觉得好冷，那股子寒意仿佛是从骨子里渗透出来的，一寸寸冰冻住她的心。

"娘娘？娘娘？"

是谁在叫她？

好疼，身下传来剧烈的疼痛，仿佛有什么正一点点地从她的身体里抽离。

她静静地站在那里，浑身冰冷，耳畔是男男女女的尖叫声，可她却听不见了。

他们说庭东死了，庭东死了，如果连他都死了，她该如何活下去呢？是她，是她啊，若非是她一意孤行，又怎会惹出这诸多事端？

疼，好疼，却又不及心里的痛，他走了，此生再难相见，便如生生剜了她的心。他们曾经彼此信任，于万千敌军中把后背交给对方；他们曾在月夜下的沙漠中对月小酌，他用厚实的满是老茧的手轻轻抚摸她的

发顶，对她说，只要是你要走的路，我都会为你扫平前方所有荆棘。

然而就是这么一个人，他给予了她所有的纵容和呵护，她却未能给他最真的爱情。

爹爹说，人生是一场苦，你要学会苦中作乐。她曾深信，即便是留在南宫曜身边是如何的苦，她也不会觉得苦，可到了此时她终于明白，那个人是她宿命的劫，她因着他负了太多人，末了，那些堆积的苦涩一并爆发，她连自我纾解的能力都没有。

人生是一场无尽的苦难，她却已经无力承担。

"不好了，娘娘小产了！"

"快宣太医！"

"快去通知皇上！"

……

嘈杂的人声由远及近，她愣愣地望过去，却只看见那远远的回廊尽头一抹明黄色。殷红的血顺着她藕粉色的裙摆滴落，一路绵延，染红了御花园小路上的鹅卵石。

"青桑。"低沉的声音像是从嗓子眼里挤出来的一样，沙哑而悲痛。南宫曜疯了一样冲过来，一把将她拦腰抱起，一边往乾清宫跑一边嘶声大喊："太医，全都去乾清宫！"

直到真的将她抱起来，他才知道她到底有多轻，就如轻轻拂过心头的羽毛。他从来没见过她这种样子，空洞的眼神里没有一丝生气，就那么安静地躺在他怀里，像一只破碎的布娃娃。

"青桑，你挺住，没事的，我们的孩子也会没事的。"他没有发现他的声音在发抖，没有察觉到眼眶一片湿热，滚烫的泪一滴一滴地落在她苍白的脸上。

"青桑，没事的。"他一遍遍地说，不知是告诉她还是告诉自己，从来没有哪一刻让他觉得御花园到乾清宫的路竟然是那么漫长，好像一下子跨越了生死。

他拼了命地往前跑，身后一片血迹。

他似乎感觉到了生命的流逝，他不敢回头看，那是他和她的孩子。这是报应吗？如果是，该报复在他身上才是，这么些年负了她的那个人是他。

赶到乾清宫的时候，太医院的太医还没赶到，他一脚踹开殿门，抱着她往内室冲："太医呢？太医，快给她看看。"

乾清宫里一阵兵荒马乱，等刘全领着一群太医冲进来的时候，南宫曜正一脸焦灼地抱着霍青桑坐在龙床上，身下的明黄锦被已经被血染红，宛如两朵开在金光之中的尘埃之花。

"皇上，您还是先回避吧！"刘全小心翼翼地看着南宫曜，女人小产毕竟是污秽之事，把人弄到乾清宫本就不合规矩了，现在皇上是万万不能留在屋里的。

南宫曜扬眉瞪了过去："滚！太医，今日若是皇后有什么闪失，一律杖毙！"

几个太医吓得脸色苍白，为首的院士刘太医诚惶诚恐地走上前来：

"还请皇上先把娘娘放下来，老臣方可医治。"

南宫曜冷冷地看了他一眼，俯身将霍青桑轻柔地放在床上："朕要她完好如初。"

话音一落，一旁的几个太医都惊出一身冷汗，看娘娘这样子，孩子是肯定保不住了，至于大人，情况似乎也不容乐观。

之前给霍青桑诊过脉的刘太医心中也有些惴惴不安。皇后娘娘去年从燕山回来后身体便伤了本元，如今又经历了小产，怕是……

他已不敢想下去，又思及皇上的表情，心中暗叹，这些年帝后二人斗来斗去，谁能想到此时皇上竟然会如此重视皇后？

"臣定当全力以赴！"刘太医把完脉之后，眉头皱得越发深了。

"如何？"南宫曜心头一寒，一把揪住刘太医的领子。

刘太医看了他一眼，壮着胆子说道："还请皇上先回避一二，娘娘肚子里的胎儿怕是保不住了，现在微臣要给娘娘排污血，皇上不宜待在这里了。"他说完低头担忧地看了眼床上的人，平静多年的后宫，恐怕将会再次掀起轩然大波。

南宫曜不舍地看着床上的人，心如刀绞，这种时候他如何舍得离开她？可他也知道，这个时候他即便留在这里，于她而言也未必是件好事。

他紧紧地捏了捏她冰凉得没有一丝温度的手心，转身大步走出内殿。

时间静静流逝，仿佛一把无形的刀，转瞬间已经将他本就千疮百孔的心砍得血肉模糊。他专注地看着虚掩的殿门，医女不断地从里面端出一盆一盆血水。这样的情景对他来说并不陌生，可那时的对象都不是霍青桑，说他心狠也罢，说他冷血也罢，只有这一次他才生生地觉得痛入骨髓。

"皇上。"刘全迈着碎步走过来，脸色微白地看着站在门口的南宫曜。

他十二岁进宫，十八岁被派到当时还只有十岁的南宫曜身边侍候，一晃十几年过去，他看着一个柔弱少年如何在夹缝中求生存，如何坐上王位，如何励精图治，无论任何打击都没有让这个男人倒下，唯有今日，他仿佛看见了他眼中的迷茫、绝望和无奈。

他侧头看了一眼虚掩的门，刹那间闪过一个念头，觉得里面的人就此去了，或许对皇上而言是一件好事。两个人这么些年都在互相折磨，罅隙已成，若是这个孩子不能保住，两个人之间便越发没有可能了。

他是个阉人，不懂世人眼中的情情爱爱，可他知道，如此互相折磨，不如缘散而去。

他心中百转千回，却终不能说出口，只不着痕迹地叹了口气，在南宫曜耳边轻声道："皇上，舒兰殿里的事查得有些眉目了。"

南宫曜缓慢地扭过头，目光阴鸷地看着刘全，等着他说下去。

刘全被他这虎狼一样的眼神吓得瑟缩了一下肩膀，下意识地退了两步，忙道："太医院的院判在娘娘治疗手腕的断续膏里找到了少量红花和图兰花的花粉。"

图兰花?

南宫曜手里的茶杯"啪"的一声碎裂。图兰花啊,果然如他想的一般,那般恶毒的东西曾经是他的噩梦,摧毁了他为数不多的幸福,当年的那桩旧案虽然被父皇压了下来,可他还是从一些旁枝末节里查出,害死母妃的便是一种名为图兰花的致幻药物,若人长期接触此物很容易产生幻觉,导致精神异样扭曲,最后疯魔而死。

如今竟有人把它用在了霍青桑的身上,还巧思连环地把药下在断续膏里面。舒兰殿戒备森严,但凡经之口、用之物都会细致排查,只是谁能想到有人会把药明目张胆地下在断续膏里?

是他疏忽了。

心口一阵绞痛,他整个人都站不稳地往旁边倒去。

"皇上!"刘全惊呼一声,连忙扶住他,"皇上保重龙体。"

2 谋定

月夜微凉,风不止,拂过树梢带来沙沙的细微声响。

霍青桑做了一个长长的梦,梦里出现了太多的人,太多的事,以至于到最后她反而什么都看不清了。

夜枭的声音从窗外传来,凄厉中带着一丝哀怨。她缓缓睁开眼,感觉身体如同被马车碾压过一般剧痛。她忽而一阵苦笑,伸手轻轻覆上平坦的小腹。

孩儿,对不起!

她眼神空洞地望着上方的屋脊，静谧的内殿里只听得见她自己清浅的呼吸声。

"娘娘，您醒了？"素衣白着脸走进来，手里端着药碗，"娘娘把药喝了，太医说，娘娘身子骨弱，怕是要静养几个月才好。"

她扭头看着烛光中的少女，忽然觉得鼻端发酸，一股清泪涌出，已是泣不成声。

窗外人影晃动，修长的身躯在她失声痛哭的时候微微一顿，终究忍不住推门而入。

淡淡的龙涎香在室内弥漫开来，却也平添了一抹说不出道不明的悲伤。

"我现在不想见你。"霍青桑始终没有抬头看他一眼，看了怕恨，恨了怕伤，已经走到绝路，不如就此相忘江湖。

她自嘲地扬起唇角笑着，仿佛笑自己这几年的痴傻，笑自己所付出的情意，而从今以后，她再不会无怨无悔地付出，她所能做的，只是为了霍家守护了二十几年的江山，给他一个盛世千秋而已，如此，便算是她偿还了他对她的恨。

南宫曜忽然有些慌乱，伸出的手却终究没有碰到她孱弱的肩膀。

"对不起。"他一字一字地说，心中却仿佛在滴血。

她说得没错，他连她的孩子都护不了，是他的错，是他的错！

她沉默不语，蜷缩着身子将头埋在膝间，紧咬的薄唇渗出殷红的血丝，口中全是绵延的苦涩。

这一夜，他们相对无言。这一夜，他比谁都清楚，他与她中间，已然隔着万水千山。

皇后小产的事在后宫掀起轩然大波，而短暂的惊愕过后，在所有人都为此幸灾乐祸的时候，一向对后宫之事不予插手的皇上突然展开了行动。

乾清宫直接派人肃清后宫，从内务府里揪出了不少人，然后是太医院，各宫的钉子都一个个拔了出来，一时间，整个后宫人心惶惶。

"娘娘。翠花被慎行司的人带走了。"小宫女战战兢兢地看着对面的淑妃，心中隐隐不安。

淑妃秀气的眉微微挑了挑，不动声色地呢喃："是吗？"

"娘娘，您说咱们该怎么办？"宫女的脸色苍白一片。

"怕了？"淑妃低头摆弄着护甲，漫不经心地问。

这么快就动手了吗？她自嘲地冷笑，心中仿佛百爪挠心。

"娘娘，奴婢不是怕，奴婢是担心娘娘，慎刑司的手段谁都知道，翠花进去了，难保不会出卖娘娘。谋害皇嗣，可是掉脑袋的大事。"

淑妃挑眉看她："那又如何？即便如此，本宫也要拉个垫背的不是？"自从决定做这事开始，她便没想着能真的置身事外。

宫女一愣："娘娘是说……贵妃娘娘？"那图兰花本就是贵妃娘娘送来的，如今事情爆出来，想来她也跑不了了吧！

"她自以为利用我除掉霍青桑，却不知我亦留有后路。她以为我会直接下重药把霍青桑除掉，却不想我私自留了部分，下给霍青桑的药量不大，即能要了她的腹中骨肉，又不至于导致神志不清无药可医，只要霍青桑清醒过来，也不怕她不去找苏皖报复。"她冷笑道。

她已经失去了皇上的宠爱，在宫中活着亦是生不如死，如今这些负她的人，她要她们不得好死。

"你去找人把东西悄悄放在雅芳殿……"她说着从袖口取出一只小小的瓷瓶递给宫女，"去吧！"她疲惫地揉了揉眉心，转身的瞬间亦没有看到那名宫女眼中一闪而过的诡诈光芒。

这是她唯一信任的宫女，她从没想过有一天自己会折在她手里。

可是这世间的事充满变数，谁又能真正看清谁呢？

这一晚，焦芳殿的灯熄了后便再也未能亮起来。

第二日，值勤的宫女惊慌地发现淑妃娘娘已经自缢而亡，书案上还摆着一纸遗书和小半瓶图兰花花粉。

各宫哗然，人人自危，唯有舒兰殿始终宫门紧闭，甚少有人出入。

如此过了几日，眼看着盂兰盆节就要到了，各宫因霍青桑失子一事本就心力交瘁，如今人人自危，生怕慎行司又查出些什么阴私，行事便越发的低调简单了，连盂兰盆节这样盛大的节日也没人有心像往年那样大操大办。

舒兰殿里，霍青桑已经整整躺了半个月，先前燕山之战耗损太多心力，如今又小产大失血，本来就清瘦的她此时显得越发弱不禁风，颧骨微微凸起，已看不出少女时的意气风发。

南宫曜静静地坐在床头，伸手拉住她冰凉的右手，感觉枯瘦的皮肤

堪堪包裹着略有些扭曲的手骨，心里说不出的难受。

这些日子也不知是为何，她竟越发嗜睡，有时候他都怕她就这么睡了过去，想着想着，心里便越发烦乱，也越发放不下。

他知道她心里有个结，可这个结又是他亲手打下的，现在他想解开，她却再也不肯给他这个机会了。

"皇上。"刘全站在门外，轻轻唤了一声。

南宫曜扭过头，朝他挥了挥手，又回头看了眼熟睡的霍青桑，长长地叹了口气，俯身在她紧抿的唇角轻轻吻了一下。

"朕先走了。"他低叹一声。这些日子，他每次来她都熟睡不起，他又怎会不知这是她在避而不见呢？

可即便知道又能如何？纵然她跳起来再给他一刀又能如何？他们已走到如今这个地步，要想重修旧好谈何容易？他现在只盼望着她的身子能休养好，至于以后的事，他是不敢想的。

他如愿以偿地击垮了霍家，却也失去了她。

直到确定他已经离开，躺在床上的霍青桑才猛地睁开眼，幽深的眸中闪过一丝寒意。

她下意识地伸手从床头摆着的金菊树下摸出一粒蜡丸。

"咚咚！"

"谁？"她连忙将蜡丸塞进怀中，虚弱地问。

"娘娘，是老奴。"杨嬷嬷端着药碗站在门外。

霍青桑松了一口气："进来吧！"

杨嬷嬷推门而入，转身将门关好："娘娘，刚才内务府的小太监说，明晚盂兰盆节，皇上要在御花园设宴给西凉使臣践行。"

西凉使臣此次出使大燕其实是为了议亲而来，南宫曜半月前已经从汴京的世家子女里挑出了一名姿容绝色的女子，册封为秀逸公主，预备赐给慕容无乐为妻。

"嬷嬷，你怕吗？"她突然抬头，目光坚定地看着遥遥的远方，心中忽而生出一股豪迈之情，仿佛又回到了那一望无际的沙漠，迎面传来的是军营的号角和战鼓的轰鸣声。

她曾经为着这大好的河山浴血奋战，她曾经为着那个男人倾尽所有，她曾经无比憎恨那个男人，可此时她又不能让那恨意左右自己的理智。

这天下可以没有霍青桑，可以没有霍家，因为总有人会站出来守护这江山，可这江山不能无主。即便他如何地伤害了她，可她无法反驳他是一位明君，他有他自己的准则，有他自己的思量和作为，而她，在她心死的那一刻，她便不再是这大燕国的皇后，她是霍青桑，霍家儿女就该保家卫国，浴血沙场。

杨嬷嬷定定地看着她，眼中含着热泪，既心疼她这些年因一丝执念吃的苦，又打心眼里佩服她，这天下大抵不会再有这样一个女子，心如明月，爱恨如风，即便是身处绝境，亦是如此让人敬佩。

她狠狠地点了下头："娘娘，老奴不怕。"

霍青桑抿唇轻笑，在她身上蹭了蹭，柔柔地道："嬷嬷，其实我心

里是怕的。"说完，又调皮地一笑，"可是我知道，这世间什么可为，什么不可为，若是父亲在天之灵看到我这样做，也必是赞同的。"

杨嬷嬷爱怜地抚了抚她略显凌乱的乌发："娘娘，如果有来世，老奴还来伺候您。"

霍青桑扑哧一声乐了，眼中却含着泪水："嬷嬷，若是有来生，我愿只生在平凡之家，没有家国大义，没有轰轰烈烈的爱情，只愿寻得一心人，安安静静地过完一生。"她已是疲惫不堪，这轰轰烈烈的爱情虽然让人着迷，却也如同那天边绚丽的烟火，即便绽放的那一刻是如斯璀璨，待到烟火薄凉，留下的亦只不过是一片空寂。

3 愿你我永世不见

次日傍晚，还没到掌灯时分，平素里向来冷清的御花园已是热闹非凡，凡是正三品以上的妃嫔均盛装打扮早早就去了，唯有舒兰殿始终殿门紧闭。前些日子宫中不太平，如今难得遇上些值得高兴的事，压抑了太久的女人们仿佛突然绽放的花儿，恨不能释放所有的芬芳。

刚刚册封的秀逸公主跟在皇贵妃苏皖的身后一同入席，彼时皇上和百官及家眷还未入御花园。几个位分高的妃嫔隔着不远的距离看着龙椅一侧的凤椅，心中莫不是百转千回。

霍庭东战死的消息已传遍汴京，眼看着皇后娘娘又失了孩子，神志亦受损，帝后二人关系更是如坠冰窖，废后似乎只是早晚之事。

那高高在上的位置无人不爱，无人不盼，可即便如此，又有哪一个才能有福分坐上去呢？

众人的目光不约而同地看向皇贵妃。若说之前她前有皇后拦着，后有淑妃这样家世好的追着，后位怎么也不会轮到她的，可如今皇后失势，淑妃死得不明不白，她身下又有唯一的皇子，一时风光无二，谁又能说她不会坐到那个位置上呢？

一时间所有人心思黯然，心中说不出的失落。

这时，唱报的宫人进来，百官及家眷纷纷入席。约莫一炷香的时间，唱报的宫人又进来，这次，南宫曜被众人簇拥着款步而来。

他穿着一身的明黄立于百官之中，身后是一位兰心素雅的白袍温润男子，二人有说有笑，姿态甚是悠闲。

过了掌灯时分，御花园里升起无数琉璃灯盏，把漆黑的夜装点得灿如白昼。

南宫曜微敛着眉，目光越过攒动的人群看向另一边的莺莺燕燕，心底漫过一丝失望。他在奢望什么呢？已是如今这般地步，他又怎能指望她会来？

也罢，不来也好，今夜本就不会是个平静的夜晚，即便如何的光鲜奢靡，可到底掩不住暗里的杀机。

是的，四周早已暗藏杀机。

慕容无乐会突然出使大燕本就稀奇，年前又暗中谋害了慕容无风，俨然就是西凉的下任国主。对大燕而言，养一头猪在枕旁无忧，若是养了慕容无乐这样一匹饿狼，南宫曜是无论如何也不能安心的。

　　如今慕容无乐还未正式受封，即便是死在大燕，西凉王又能如何？

　　他心中冷笑，表面却与慕容无乐相谈甚欢，却不知两人均是怀着别样的心思。

　　宴席正式开始，舞姬纷纷入场，而皇上身边的位置始终是空的。

　　辛辣的酒液穿过喉咙，带着一股子苦涩。他微微侧目看了眼右手边一众风华绝代的女人，心中却又越发失落。

　　他第一次如此正视自己的感情，第一次如此鄙视自己，即便他坐拥后宫三千又如何？她们要么是为了这天下最尊贵的荣宠，要么是为了家族势力，若是他抛下了这天下至尊的身份，她们又当如何呢？

　　她们爱的并不是他南宫曜，只是这王位和一世荣华而已。

　　忽而想起她曾说过的话，她说，这世上再也不会有另外一个霍青桑了。

　　是啊，再也不会有那样一个痴傻的女子为了他倾尽所有。思及此，心口便如被刀子般生生凌迟，从没有哪一刻像此时一样，他急切地渴望见到她，哪怕只是静静地在一旁望着。

　　心思已动，恨不能立即插上翅膀去舒兰殿见她，可微微抬头对上慕容无乐那双黝黑的眸子，心中无端生出一丝寒意。他装作不经意地扫了一眼不远处的梅林，心里沉了沉。

　　这时，歌舞的鼓乐忽而激昂起来，唱报的宫人匆匆进来："皇后娘娘到！"

　　南宫曜抓着酒杯的手一顿，没有控制力道，酒液洒出许多，把明黄的龙袍染湿了一片。他微微挑了挑剑眉，却又急切地朝百花之处看去，便见霍青桑穿着大红的凤袍翩然而至。

她近年来甚少穿着大红的衣服了，单薄的身子包裹在宽大的凤袍里显得格外羸弱，那殷红的袍子也越发衬得她的脸色苍白如纸，但那双炯炯的眸子却灿如星辰，漆黑如墨，仿佛看一眼便会沉溺其中。

她如一只高傲的凤凰立在他面前，苍白的脸上染着一抹笑。

他恍惚地愣神，好似一下子又回到了初见的那年。那时她也是如此笑着，肆意潇洒，没有束缚，仿佛天地间没有能让她烦恼的东西。她是那样的骄傲，那样的盛气凌人，那样的让人着迷。而直至此时他才悲哀地发现，他不是不爱她，只是不敢爱，这么些年他的抗拒也不过是源于内心的一丝自卑而已。

他既憎恨她，却又羡慕她，羡慕她可以为爱奋不顾身。而他呢？他甚至牺牲了所谓的爱情，在她面前，他是不是就如同一个跳梁小丑一样？

他越鄙夷这样的自己，便也越清楚地看到她身上的闪光点，其实从始至终，配不上对方的是他。

"青桑。"他轻轻地唤了声，微微抬起的手臂却颓然放下，脸上的神色忽而变得讳莫如深。

他看了下方的慕容无乐一眼，微敛的眉眼带着一丝阴霾："来人，皇后娘娘身体不适，夜已深了，染了风寒不好，带娘娘下去吧。"

一旁的宫人面面相觑，刚想走过去，却被霍青桑的断喝止住了脚

步："皇上，臣妾无妨。"

"霍青桑。"南宫曜脸色一沉，"朕不想见到你，回去。"

他扭头示意刘全，极力忍下胸口沸腾的热意："你亲自护送娘娘回去。"

刘全狐疑地看着他，下午皇上还巴巴地盼着皇后能出现，如今怎的又是这种态度？

他刚举步往前走，却猛然听见身后传来一声酒杯落地的声音，他惊愕地扭过头："皇上！"

大殿里顿时一片哗然，众人无不惊恐地看着口吐鲜血跌坐在龙椅上的南宫曜。

事情发生得太过突然，人群中传出女人此起彼伏的尖叫声，整个御花园里乱成一团。

本来埋伏在林子里的御林军闻声而来，却看见南宫曜脸色苍白地坐在龙椅上，面前的桌案上殷红一片。

"宣太医！"

"皇上！"苏皖离南宫曜最近，她一边尖叫着一边想往南宫曜身旁冲，这时，御林军中突然冲出一名高大的男子，直直朝苏皖扑了过去。

苏皖眼见着已快奔到南宫曜身前，右手却被一只突然伸过来的大手死死地拉住，一阵天旋地转后，人已经被身后的人控制在怀中，细白的颈上压了一把寒光闪闪的刀。

"皇上。"她惊慌地望着南宫曜，他似乎想从桌案上站起来，却又无力地跌回了龙椅。

御花园里的众人皆被眼前的一幕惊呆了。

刘全第一时间冲到南宫曜身前将他扶起来，然后担忧地看了一眼被挟持的苏皖。

那名刺客冷冷地看着南宫曜，黝黑的脸上没有一丝表情："我不是来杀皇上的。只要皇上肯杀了慕容无乐，我便放了她。"他低声说道，目光阴冷地看着不远处的慕容无乐。

南宫曜看着苏皖，猛地咳出了一口黑血。

"皇上！"刘全吓得脸色苍白，大声惊呼了一声。

"无碍。"南宫曜朝他摆了摆手，他倒是不怕这毒能毒死自己。他早年在军中历练之时有过一番奇遇，当时救过一名苗人，那苗人曾赠予他一种宝贵的苗药，食过之后虽不至于百毒不侵，倒也不是一般毒物随便能毒死的。

当然，知道他这般奇遇的人不多，不过……

他扬眉看了眼不远处的霍青桑，心中遽然一跳。是的，这事别人不知，可当时与他在一起的她又怎会不知呢？

在霍家军历练的两年时间，他与她不是没有过值得回味的时光，只是最终被那些爱恨纠葛掩盖了，如今再去回想，他才知道他与她之间怕也只有那个时候是最真最好的时光，只是他从未在意过而已。

"你是什么人？如何进的皇宫？"说到这了，他微微一顿，锐利的目光死死地盯着刺客的双眸。

那刺客一阵冷笑，大声道："哈哈哈，我是什么人？我不过是太子殿下的一个门客而已，受太子殿下照顾，如今殿下惨死这贼人之手，我替殿下报仇，有何不可？"

南宫曜听罢，忽而一笑："你说的殿下，可是慕容无风？"

那刺客点头："是。"

南宫曜闻言，脸色一沉，冷眼看着慕容无乐，冷声道："朕倒不知道，西凉国主何时下了追杀废太子的旨意。"他这话说得不疾不徐，却饱含杀机。慕容无乐此时还没正式认祖归宗，无名无分，而慕容无风虽然被废，毕竟也曾是名正言顺的西凉太子，他在大燕境内被杀，此时就算是有人杀了慕容无乐，为废太子复仇，西凉国主也无可奈何。

慕容无乐此时的脸色已经阴霾一片，他凝眉看着那刺客，瞧着南宫曜的样子，心中一寒，已感觉到浓浓的杀气。

"皇上，切不可听他胡言。"

"胡言？"那刺客冷冷地一笑，突然从怀里掏出一封书信朝南宫曜抛掷过去。

南宫曜扬手接过信件，展开一看，脸色瞬时一片阴霾。

偌大的御花园里鸦雀无声，南宫曜目光冷冽地望着苏皖，突然间发现自己这些年执着追求的东西原来都不过是一场骗局，一场阴谋。

"咳咳咳！"他猛地再次咳出了一口血，修长高大的身体晃了晃，险些栽倒。

信件轻飘飘落地，却仿佛一块巨石重重地砸在心上。

慕容无乐又岂会认不出这是他与苏皖最近互通的信件呢？

他心虚地看了一眼苏皖，然后闪电般朝南宫曜扑了过去。

由于事发突然，御林军虽然一开始控制了局面，但注意力全被那名刺客吸引了，以至于谁也没想到慕容无乐会突然发难。

刘全本是离南宫曜最近的，他亦做了挡箭的打算，可是在他有所动作的第一时间，胸口突然一阵剧痛，他难以置信地低头看了眼自己的胸口，只见白刃穿胸而过，身后站着的正是苏皖宫中的那名宫女。

"皇上。"

南宫曜眼见着慕容无乐扑过来，身体却一时无法动弹，只觉得眼前红光一闪，利刃破肉的声音分外清晰。

那人背对着他，乌黑的长发被风撩起，带着淡淡的茉莉香气。

他张了张嘴，却无法发出声音，只觉得一瞬间心脏仿佛被人死死地捏住了，疼得不能言语。

慕容无乐亦愣愣地看着面前的女人，又低头看了眼插进自己胸口的长剑，满眼的难以置信。

为什么？为什么他都那样对你了，你却还要救他，甚至不顾自己的性命？为什么？

他疯狂的眼神带着控诉和绝望，可他终归是想不明白的。他想伸出手去碰触她的脸，可终究只碰到一片冰冷的空气。

"为什么？"他缓慢地开口，身子向下滑落，双膝落地，手中的长剑却是直直地刺进了她的胸口。

　　她依旧直挺挺地挡在那个人身前，一如这么些年，她全心全意地护着他，可这一次，真的是最后一次了。

　　她忽而笑了，目光仍旧那么清澈，那么纯洁。她望着那名刺客所在的方向，轻轻地唤了一声："哥！"

　　"青桑！"

　　那声音是沙哑的、撕裂的，甚至是惶恐而绝望的。

　　南宫曜望着霍青桑的身体一点点地滑落，目光最终落在她胸口插着的长剑上。

　　殷红的血染红了双眼，他不知所措地看着她单薄的身体如同折了翼的蝴蝶跌入尘埃，只觉得胸口连痛都感觉不到了。

　　这不是他想要的，这不是他要的！

　　他无措得像个丢失了玩具的孩子，抱着她孱弱的身体号啕大哭起来。

　　那刺客目光悲痛地看着他们，手里的匕首无情地挥出，苏皖只来得及尖叫一声，鲜血便很快喷溅出来，洒落在地，如同一朵盛开的红梅。

　　他刚放开苏皖，御林军已第一时间冲过去将他团团围住。

　　没有皇上的命令，谁也不敢轻举妄动，可此时的皇上还是那个威严冷酷的皇上吗？他只是紧紧地抱着皇后的身体悲痛欲绝地呼喊着，一遍又一遍喊着皇后的名讳。

　　所有人的视线都集中在南宫曜和霍青桑的身上，没有人注意到那名刺客眼中的热泪，亦没有人注意到他缓缓抬起手中的匕首，对着自己的胸口狠狠地刺了下去。

这一年冬天的雪特别大，舒兰殿的院子却打扫得格外干净。

素衣推开殿门，素白的脸上带着一丝愁绪。她扭头看了眼殿内，床榻上隐约躺着一个人影。

"素衣姑娘。"乾清宫的小豆子笑眯眯地走进月亮门，一进来就看见素衣，他扬了扬手里的篮子，"皇上那儿新得了些时令外的水果，要我拿过来。"尽管皇后从来没吃过一星半点，尽管舒兰殿的库房里堆满了各种奇珍异宝，皇上依旧孜孜不倦地把东西往这里送。

他隐约知道当年皇上和皇后之间的恩怨情仇，以前他只以为是皇后爱极了皇上，可如今他又想，其实皇上又何尝不是深深地爱着皇后呢？

可这世间的情情爱爱又岂是谁能说得清的呢？若真如此，也不会有那么多话本子里的痴男怨女了。

半年前，盂兰盆节的那场动乱死了很多人，亦牵连了很多人。刘全死后，乾清宫的内务都移交给内务府其他人了，而他那时正好刚刚入宫，皇上说不想看见老人，他便被送到了乾清宫当差。

皇后娘娘虽然没死，却一睡不起，而那名刺客最后如何了，怕也只有皇上知道吧！

乾清宫里。

南宫曜轻轻放下手里的狼毫，侧目看了一眼殿下站着的人。

那人穿着一身靛蓝色的长袍，身形消瘦，墨黑的长发松散地披在肩头，白皙的脸上从眉心到鼻梁骨有一道刀疤。

"我以为你醒来第一个要见的是青桑。"南宫曜微微侧目看着他，脸上没有一丝表情。

霍庭东摇了摇头："我是来辞行的。"

南宫曜明显一愣，好长时间才吐出一句："你就没什么要解释的吗？已经死了的霍庭东霍大将军突然间活过来了，而且易容成刺客出现在皇宫之中。"他低着头，长发从肩头滑落，本来乌黑的长发中却已经掺杂了些许白发。

他忍不住苦笑，想起舒兰殿里的人，心口还是那般的疼，仿佛破了一个巨大的洞，无论如何也再难填补。

可他又是庆幸的，至少她还没有彻底离开是不是？至少他还可以骗自己，有一天她还会醒来是不是？至少他还是有机会告诉她，他爱她是不是？

他这样一遍遍告诉自己，然后又在一日一日的晨昏交替之中一次次失望。

他想她是不是真的恨他，所以永远都不想再睁开眼见到他？

霍庭东默默打量着他痛苦的表情，心中已经无甚念想，好长时间才道："臣无话可说。"

说什么呢？那日他确实遭到了慕容无乐的伏击，慕容无乐想瓦解霍家军，想利用苏皖下毒谋害南宫曜，想借苏皖的孩子挟天子以令诸侯，想吞并大燕，而这些的前提必然是霍家军群龙无首，霍青桑不再插手护着南宫曜。

慕容无乐机关算尽，离间南宫曜和霍青桑，却没想到，即便是走入绝境，霍青桑依旧是霍青桑，她不会因私情而忘了国家大义。

霍家可以败落，国却不可无君。霍庭东不知道她最后替南宫曜挡的那一剑到底是出于私情还是大义，可他知道，那是她想要的。

他在闽州接到她的信件时便已经知道她的决定，她要他回宫帮她除去慕容无乐，却没想他半途险些丧命。伤愈之后，他连夜赶回汴京偷偷入宫，等候时机把慕容无乐连根拔除。

她说，哥，了却这件心事，我们回边关大漠吧！

她说，哥，我对不起你。

她说，哥，如果有来生，再也不要认识我。

那时他就知道她的决定，却不能阻止。

看着她倒在血泊里的那一刻，他突然间亦觉得生无可恋。既然他们都以为霍庭东早就死了，那他便真的死了吧！

可他终究没有死，她却再也不能睁开眼看看他，叫他一声哥了。

"等等。"南宫曜突然叫住转身欲走的霍庭东，眼眶发红地看着他，紧抿的薄唇轻轻吐出一句，"为什么？"

霍庭东的身体一僵，却没有回答。

洞开的殿门外已经不见他的身影，或许南宫曜一辈子也不会明白霍青桑为什么在那样绝境的时候，还会不顾生死地要替他把苏皖和慕容无

乐除掉。

可他宁愿认为，她还是爱着他的。

他站在门外，风雪扑面，心却已经不会再为任何人跳动。

这么些年，他负了她，接下来的所有岁月里，他只希望能陪着她，

哪怕她永远不会醒来……

番外｜前 尘 往 事

初见南宫曜那一年，我十五岁，那是我随父亲从军的第二个年头。我随父亲去南疆平乱，哥哥霍庭东则留守在边关。

南疆王在南疆起兵，中原的士兵最不能适应南疆变化莫测的天气和雨林地区作战，父亲三次出兵三次败北，数千将士折在黑羽林。

我那时年轻气盛，背着父亲点兵一千偷偷进入黑羽林查探地形。

我还记得那是怎样的天气，太阳很大，空气却是潮湿的，甲胄里面的里衣在进入黑羽林的时候已经被湿气浸透，湿漉漉的贴在皮肤上，十分不舒服，有部分士兵已经出现严重脱水的迹象，吸血的蚂蟥从甲胄的缝隙钻进里衣，死死地钉在关节处。

我听见后面有人哀号，等过去察看的时候才发现有十几个人出现了呕吐的症状，脸色黑得发紫，仔细询问才知道是被一种巨大的毒蚊咬了。

一千人旋即迷失在巨大的丛林里，我从来没有如此后悔过，以至于当时六神无主，犯下了一个严重的错误，下令把队伍拆散，分头探查黑羽林。

天色渐晚的时候，我带队的一百人只剩下不到三十人，有的是被毒物毒死，有的是被隐藏在林子里的苗人暗中害死了。

夜晚的雨林是可怕的，我已经筋疲力尽，二十几个人围在一起，用为数不多的干柴点燃了篝火，吃着食袋里装着的干粮。

月光穿透茂密的枝丫打在脸上，影影绰绰的火光中，我看到坐在我身侧的少年，姑且说是少年吧，因为他看起来着实不超过二十岁。他穿着暗黄色的甲胄，面色有些苍白，身材不似其他人那般健壮，却非常挺拔。他端坐在篝火旁，手里的木棍有一下没一下地扒拉着篝火，忽然抬头，墨黑的眸中映出我的影子。

他腼腆地笑了，低低喊了声："将军。"

我好似听见心脏在胸腔里狂烈地跳动了几下，脸有些微微发热。

十五岁的年纪正是春花正好的年纪，我却浸淫在军营，与杀戮为伍。我定定地望着他，竟然从他的眼中看到了羡慕、哀伤和源源不断的渴望。

那是一双不属于这个年龄的眸子，它带着太多的隐忍。

后来我才知道，他是当朝的皇子，只是并不受皇帝喜爱，去军营历练是他规避夺嫡之争的手段。没有权势，没有雄厚的背景，在这个纷争杀戮的时代，只有把自己低到尘埃里，才能更好地活下去。

可是我又隐隐看到他眼中的野心，那是一种掩饰不了的本能。

一时间，仿佛就被那双眸子深深地吸引了，以至于很多年后我才做了那么多的错事，并最终把彼此推到绝境。

然而那时的我并不知道只是那次莽撞的出兵结下了我与他的情缘，

进而纠缠半生。

雨林的月夜是可怕的，我们一行人被困在林子里三天，到最后身边能正常行动的不过六七人。

我的身体条件较之男子终归是不如的，到后来六七个人轮流背着我在雨林里穿行。到了第四日的夜里，食物已经全部吃光，只能用林子里的果子充饥。

我拿着一名士兵寻来的果子刚准备食用，一只黝黑的手突然将我拦住。我有些不悦，扭过头才看到是脸色有些苍白的南宫曜，心里说不出什么感觉，竟然鬼使神差般问了一句："你好好的皇子不当，怎么跑来军营历练？来军营历练也就罢了，完全可以要我爹爹给你安排个文职啊？"

他轻挑着眉，不说话，手里紧紧地捏着果了，目光越过篝火死死地盯着对面几个正狼吞虎咽吃果子的士兵。

我忽而想到皇室那些不成文的规矩，听说皇上吃什么东西都是要让人试吃的，心中突然一阵鄙夷，冷哼了一声，拿起果子便往嘴里送，哪知还没碰到嘴唇，他回手就把果子打落了，一双锐利的眸子死死地盯着对面。

"你疯了，你是皇子命尊贵，我可……"我的话没有说完，因为对面确实发生了奇异的事，几个士兵像突然疯了似的互相厮打起来，不过一眨眼的工夫便血肉横飞，两个存活下来的竟然开始啃同伴的尸体。

事情发生得太过突然，等我回过神的时候，两个发狂的士兵已经朝我们扑了过来，铺天盖地的血腥味弥漫在整片林子里。

我是不愿就此丢下自己的兵的，可这时候却完全不知道要如何做，这种诡异的境地让我突然有种无措之感。

"跑！"南宫曜突然拉住我的手往林子里跑，纵横交错的枝丫刮得我脸颊生疼，也不知是血还是泪。

月色的下少年身形单薄，墨色的长发在身后飞扬，我只看得见他的背影，无从窥视他的表情，只是心底却无端涌上一股暖意，便如那寒夜的暖风，或是绝望中的浮木。

他的手掌有些干燥，却是温暖的，五指紧紧地抓着我的手，抑或是抓住了我的心。

我不知道跑了多久，密林深处突然豁然开朗，一棵双人合抱的巨大榕树上搭建着一座树屋。

绿色的藤蔓从树上垂下来，一位少女端坐在粗壮的树干上，明亮的眸子静静地望着远方。

"是谁？"她轻轻地开口，随着一声金属般的哨声响起，一条巨蟒从树冠上游下来，虎视眈眈地看着闯入者。

我从没见过这么大的蛇，只觉得浑身一阵发凉，连逃脱的力气都没有了。

握着我的手紧了紧，我微微侧目，南宫曜正目光灼灼地看着对面的少女。好长时间的沉默过后，少女眨了眨眼，似乎略微失望地摇了摇头："你们不是他。"她轻轻叹了口气，"不是他。"

这时，我才注意到她的眼睛竟是盲的。

"你在等人？"我出声问道，目光落在榕树下纠缠的树根上，一根根苍白的骨骸就挂在其中，让人看了不寒而栗。

少女微微一愣，点了点头："我在等人。他说他会带我离开这里。"少女脸上带着天真的笑容。

"你一定很爱她。"我淡淡地说。那巨大的蟒蛇已经一点点朝我们靠近，我甚至可以看见它吐出的血红色的信子。

我猜那些尸骨都是出自这蟒蛇之手，浑身骨骼几乎都不正常地扭曲着，应是活生生被勒死的。

"是啊，我很爱他。"她似在缅怀什么。

那蟒蛇已经游移到近前，一旁的南宫曜一把将我推开，抽出腰间的佩剑冲了上去。

"走！"他厉声大喊，与那巨蟒缠斗在一起。

后来我曾经无数次地想，若是当时他丢下我独自离开，或许我不会爱上他，可这世上总有什么是超乎常理之外的。

作为一个皇子，我从没想到他会在危难时刻选择独自迎战。

心在刹那间动摇了，眼中莫名地含着泪。

"你怎么不跑？"少女挑眉望过来，似乎颇为不解。

"我为什么要跑？"我抬头问道。

"你不跑我会杀了你，就像那些人一样。"她突然说道。

我看着吃力地与巨蟒厮杀的南宫曜，心情却异常平静，若是此番不能活着出去，那么我亦不会独活。

"我不会丢下他！"我坚定地说，用尽余力抽出腰间的剑，脚下却突然一滑，整个人被一股巨大的力道抛向半空。

落地的瞬间，一条湿滑的蛇尾将我卷住，却是另一条巨蟒。

巨蟒的血盆大口就在眼前，一股腐肉的气息扑面而来。

"他也这么说过，可我等了他二百多个日夜，他都没有回来。"少女幽幽地说，双手支着下巴看着远方。

我已没有力气挣扎，却知道能否活下去只在于对面的少女。

我一把丢了手里的剑，凝眉看着少女："你怎知他并没有来找过你？"

她微微一愣："你是说他来找过我？不，他没来，他没来。"她突然哭出声音，开始语无伦次地说，"他没来，他说只要他逃出去了，他就会回来救我的。"她一边说一边笑，"他说，只要他逃出去了，他就会带人来把我带走的。他没回来，再也不会回来了……"

我静静地听着她的话，余光看向不远处的南宫曜，他的脸色已经不正常地发白，手臂被巨蟒撕开一道血淋淋的口子，黑血从袖口溢出。

巨蟒有毒。

从少女断断续续的叙述中，我大概知道她是爱上了误入林子的男人，那男人离开后却没有再回来找过她。

也许，也许她知道出林子的路。心中突然升起一丝希望，我扭头去看南宫曜，他亦回我一个清浅的笑。

这种生命攸关的时候，他竟然还笑得出来。

我有些懊恼，刚想发作，便听他突然道："他回来了。"

"什么？"那少女微微一愣，好一会儿才摇了摇头，"你骗我，他回来我又怎会不知道呢？他的声音我记得真真切切，一辈子也不会忘的。"

我不知少女因何出现在这里，南宫曜却已经出声道："他来了，只是……"

他没有继续说话，我顺着他的目光看去，却看到不远处的一棵榕树下面坐着一具骸骨，他却并非是被蟒蛇勒死的，他的脖颈显然是被利刃生生砍断的，白骨上还包裹着一套长袍，只是袍子已看不出颜色，只是腰间的一只苗人刺绣的荷包还依稀辨别得出是何模样。

"只是什么？"少女突然大喝了一声，吹响了手里的金哨子，两条巨蟒仿佛得了指令一般，同时将我们摔了出去，重重地砸在厚实的草坪上。

"南宫曜？"我跌跌撞撞地爬过去想要将他扶起来。

"别过来。"他突然断喝。

我诧异地看着他，才发现他墨黑的眸子里仿佛有什么在蠕动，皮肤开始发黑，整个人像是快要疯狂的样子。

他这个样子让我害怕，我想起那几个吃了果子的士兵，难道跟这蟒蛇的毒是一样的？

"走，快走！"

他单手撑地，猛地抬头望着我，眼里闪着泪花和隐忍。

心脏仿佛被猛烈地撞击了，我疯了一样地冲到那具骸骨身边一把扯下他腰间的荷包，声嘶力竭地朝少女喊道："你要等的人是不是腰间戴着一个绣着双鱼的荷包，荷包上还用银线绣了一个朵字？"

少女的身体突然一晃，险些从树上落下来，她疯了一样地朝我嘶吼："你怎么知道？你怎么知道？"

我扭头看了眼已经快要控制不住自己的南宫曜："救他，他中毒了。"

少女忽而一愣，极其不情愿地冷哼一声，却还是扬手抛出一粒黑色的药丸："这是苗疆的百毒丸，可解百毒。但是我要你们的命，并不一定要用毒的。"

我抿唇接住那药丸，冲过去一把抱住南宫曜瑟瑟发抖的身体，想要把药喂入他口中，他却死死地咬着牙关。

无奈，我只得把药放入口中，俯身吻住他薄薄的唇，用舌尖强硬地顶开他的唇齿，将药送入他的嘴里。

"好了吗？告诉我，他到底在哪里？"少女已经从树上跳下来，跌跌撞撞地跑到我身边不远的地方。

那一瞬间我忽然有些同情这个女子，亦有些不忍。

"为什么不说？"

"他死了。"我长叹一声，伸手拉住她的手，把荷包放入她手中。在她接过荷包的那一刻，我突然看见了一个女人对一个男人的爱。

她痴痴地等，她的世界里只有那个人。

她哭得格外惨烈，我将她送到那尸骨的身边，她便一头扑在他怀里。

风有些冷，我恍然地看着面前的少女，心里涌出一种说不出的情绪。可那时我却未能想到，有一天我会做出比她还有过而无不及的事。

便如书中说的，这世间最揣摩不透的便是情之一事。

疲惫的身体已经再也支撑不住，我向后倒下去的瞬间却被一双手臂接住。

"南宫曜？"

他默然不语，弯身将我打横抱起，在转身离开的瞬间说道："他若是能早一点得到解药，或许也不会被同伴杀死。"

我看着他的侧脸，感觉他的手臂将我紧紧地搂在怀中。从来没有哪一刻如此的安心，我安心地昏睡过去。

当我醒来时，人已经在军中大营，南宫曜却因皇上病重而急急回京。

我不知我们是如何离开雨林的，但从父亲口中隐隐得知，是被两条巨蟒送出来的。

我想起那个苗疆少女，想起那些死在林子里的士兵，忍不住号啕大哭。

之后的苗疆之战似乎变得很顺利，我问父亲原由，父亲说，南疆的圣女突然死了，南疆王为了安抚南疆民众，不得不撤兵。

我想到那少女，又想到南宫曜，却不知一粒情深的种子已经悄然植入心里，直到某一日，悄然长成了参天大树。

（完）

人生就像一副扑克牌，成功与否，不在于你是否抓到了一手好牌，而是如何打好手中并不漂亮的牌。

下面，就来看看大家能否打好这六张神奇的魔法牌吧！

当当当……

下面六张纸牌，你随便选一张，记在心里就行。

阳琼 对我来说，牌没有好坏之分，和什么人打才最重要！

——《我们告别，却不说再见》
（西小洛 著）

杨帆 我的世界没有彩色，所有的牌都是灰色的。

——《我们告别，却不说再见》
（西小洛 著）

萧小羽 我抓到了一手烂牌，但所幸没有输掉整个人生。

——《我们告别，却不说再见》
（西小洛 著）

童琳琳 千方百计抓到了一手好牌，却不过是输掉比赛的开始。

——《我们告别，却不说再见》
（西小洛 著）

赫好 我的人生里，只需要一个属于我的Q就足够。

——《我们告别，却不说再见》
（西小洛 著）

宋林君 拿到烂牌就要不惜一切代价把它们变成好牌。

——《我们告别，却不说再见》
（西小洛 著）

仔细看着他的眼睛，
想着你的牌。

Duang~ Duang~ Duang~

加特技，特技，再特技！

我 已经把你心里想的牌拿走了。

阳琼 对我来说，牌没有好坏之分，
和什么人打才最重要！

——《我们告别，却不说再见》
（西小洛 著）

杨帆 我的世界没有彩色，
所有的牌都是灰色的。

——《我们告别，却不说再见》
（西小洛 著）

萧小羽 我抓到了一手烂牌，
但所幸没有输掉整个人生。

——《我们告别，却不说再见》
（西小洛 著）

童琳琳 千方百计抓到了一手好牌，
却不过是输掉比赛的开始。

——《我们告别，却不说再见》
（西小洛 著）

赫好 我的人生里，只需要一个
属于我的Q就足够。

——《我们告别，却不说再见》
（西小洛 著）

啦啦啦，
是不是很不可思议？

魔术的世界就是
这么神奇！

哈哈哈……
（西小洛狂笑而过）

疯狂游乐场

夏桐 著

最强会长

THE STRONGEST UNION PRESIDENT

网游里，他是**呼风唤雨**的大神；

现实里，他是无所不能的**天才会长**。

想要追到最强会长，可不是那么容易的事，咱们先来玩个迷宫练练

游戏规则如下：

迷宫当中只有一个正确出口，《最强会长》的男女主角将会在这里顺利会面，幸福地在一起！但是如果误闯到别的出口，女主角将遭遇一些小意外……为了主角们的幸福，赶快找到出口吧！

被会长大人丢进体育部当苦力，累得躺在操场上，还被会长说："还不起来？就算你想把这里当成动物园，也没有人会有兴趣看你的。"

会长带来了家乡特产，看起来黑乎乎的。但是不吃白不吃啊！结果她刚吃下去，会长就若有所思地说："原来真的有人会吃老鼠肉啊。"

又看见这个抓住她乱扔垃圾的讨厌男生，哼，这次看她怎么整他！他说："同学，帮我拿包纸巾。"她毫不犹豫地把旁边货柜上的卫生巾递给他！

兜兜转转一大圈，终于走到一起啦！扮猪吃老虎的天才会长，以后就请多指教了！

毒舌爱搞怪的游戏少女，能欺负你的人只有我一个！Happy ending！

白喜　　宋淮杨

老友记 FRIENDS

🧁 　阳光美好的午后，魅丽优品露天大阳台，三个美丽的身影坐在圆桌旁。

某编：哇，安大的新书《一眼万年》？好眼熟！一定在哪里见过！

大喇叭：是听过好不好？SHE的歌啊！你的胸膛吻着我的侧脸，回头看踏过的雪，慢慢融化成草原……

某编：深情一眼挚爱万年，几度轮回恋恋不灭，把岁月铺成红毯，见证我们的极限……对对对，我想起来了，是有这个歌，当年我们宿舍很多人的KTV必点金曲呢。

大喇叭（一脸八卦）：安大，请问这个故事和歌有没有啥渊源？

安晴（优雅地坐在沙发椅上）：我能说我也曾经很喜欢这首歌吗？但故事确实和这首歌没有什么关系啦。

某编（眼望大喇叭，一脸得意）：作为一个已经看过完整稿子的人，对这个问题最有发言权了，但我就是不告诉你！急死你！

大喇叭（一脸讨好）：安大，我知道你最好啦，透露点消息可以吗？

安晴：我想想该怎么说……大概就是这样，一个美丽善良的女孩，在初恋男友周年祭日那天喝醉了，昏倒在男主角的车子前面，男主角无奈之下将她带回了家。至于那天晚上发生了什么，暂时先保密，嘿嘿，不能说，说了怕你们打我……（忍不住羞涩地笑）分开后的两人原本以为彼此不会再见面，可是两年后女主角回国，却第一时间就和男主角相遇了，你说，这是不是需要很深很深的缘分呢？

大喇叭（猛点头）：嗯嗯，这就是命运的奇妙之处啊！话说，我觉得安大的故事好像都有一种浓浓的宿命的气息呢！命中注定的两个人，无论经历怎样的悲欢离合，最后终究还是要相遇，并且会爱上对方！

某编（终于按捺不住）：哎呀，其实我觉得，这个故事应该可以称为升级版的《会有天使替我爱你》或者青春版的《佳期如梦之海上繁花》，但绝对比那两个都更好看啦！

大喇叭（一脸激动）：真的吗？真的吗？那两个都超好看的！你这么说，我更加心痒痒了，迫不及待想要一睹为快！安大，今晚给我发邮件好吗？

安晴：我今晚约了桃子吃饭看电影，到家可能比较晚了，要不然你可以让……

滴答滴答，几个小时过去了，漆黑的房间内，一个披头散发的身影在键盘上十指如飞……

尹墨染刚回国，便和当红明星解雨臣意外重逢。她没有认出他，可他一眼就认出，她是两年前醉酒后倒在他车前，在共度一晚后不告而别的女孩。

因为尹墨染就职的杂志社要为解雨臣拍摄照片，两人有了越来越多的交集。而让尹墨染感到意外的是，当年因为海洋出事后就消失不见的好友姚怜姗，现在却成了解雨臣的金牌经纪人。

同样的事件再度上演，两人又一次爱上了同一个男人，只是当尹墨染得知海洋的眼角膜捐献给了曾经眼部受伤的解雨臣时，她退缩了。接着，妹妹尹墨言又因为无意中知晓了姚怜姗的一个重大秘密而发生了意外，陷入昏迷……

如果说，初恋和注定要与你步入结婚礼堂的那个人，分别占据天平的两侧，越到彼端，爱便越深，那这一生，海洋便站在了尹墨染右边的最彼端，

给了她一段青春年少时最美好的时光。

可天妒人怨，海洋因车祸离世，尹墨染一直无法走出他的阴霾。

直到解雨臣出现——

这是个有些不羁的男子，拥有一双和海洋近乎相同的眼睛，

他就站在她天平的左边，随着时间的流逝，缓缓向最彼端靠近……

【魅丽八卦·小分队倾巢出动】

小分队犀利问题一：

奈奈啊，当年《晴空1》出来后，大家都非常感动于安冉和乔欢的故事，为他们略有遗憾的结局唏嘘不已，纷纷要求你写《晴空2》，你都没有答应动笔，为什么时隔三年，现在再来提笔写这个故事呢？

奈奈感叹不已：

嗨，是三年吗？好像是！原来真的已经三年了。当时觉得故事刚好到那里，是他们最好的结局。可是，这三年来，不断有人跟我提安冉和乔欢的故事，执着于安冉到底有没有等到乔欢的问题，让我也开始有那么点不忍心让安冉一直等下去，于是……

小分队犀利问题二：

那这一次，你让他们幸福美满了吗？

奈奈捧脸沉思：

呃，这个问题好尖锐……我想，每个人对幸福美满的定义都不一样，你喜欢的人恰好也喜欢着你，我觉得这已经是对幸福美满的最好定义。

小分队犀利问题三：

续写这个故事的时候，你的心情是怎样的？

奈奈一本正经地胡说八道的表情：

写这个故事的时候是没有大纲的，甚至在写作的过程中连我自己也不知道故事最终的走向会是什么，我只是遵从着主角们的内心指引，倔强的安冉该是怎样的，温暖的乔欢该是怎样的，他们有他们性格和灵魂，我只是用我的笔把他们写出来。不想告诉你们，我是边哭边写完全文的（捂脸）……

小分队犀利问题四：

奈奈的文字，有时候悲情无比，有时候又透露出一种骨子里的温暖，所以，奈奈到底是个怎样的人呢？

奈奈深叹一口气：

唉，你们这么直接地戳穿本人"抽风"的真实属性真的好吗？不过，写悲情文的时候，就算哭也觉得很过瘾啊！所以，不时地需要自我温暖和"治愈"一下，这样才能坚强地活下去啊！

小分队犀利问题五：

好了，最后一个问题。奈奈，你看你都出道五年了，是不是，那个，呃，那个……啥时候请我们喝喜酒啊？

奈奈怒摔而去：

啊啊啊，天天都有逼婚的是什么鬼？咱还很青春无敌啊！

这是个 "穿越的年代"！

身为女主角，郝甜甜也时髦了一把，不过，倒不是她穿越了，而是——

她撞上了一位 "穿越人士"。

手机没见过，电视没见过，公交车被叫成 "大马车"，偶尔还 "精神分裂"！

鹿鸣野这家伙，除了他做出的食物超级好吃，她实在想不出他的其他优点了……

不过——

当谜底一层层解开，郝甜甜发现，鹿鸣野似乎不属于任何一个年代，

他甚至不是正常的人类！他到底是从哪里来的？

想知道答案的话，

一定要关注 "蜜桃殿下" 的

《甜甜私房萌厨》 哦！

嗯，还是先送上几张 "渣画手" 的美图，

让大家提前体验一下郝甜甜同学和鹿鸣野、千允澈

的 "甜蜜瞬间" 吧！

八卦最前线

盘点《琉璃美人煞》哪些精彩点hold了《古剑奇谭》制片方

据说，2014年最火最恩爱的配对大约是大师兄和苏苏（师尊：难道不是我和苏苏？晴雪……），最热的电视剧无疑是《古剑奇谭》！

在大家哭喊着要为大师兄生孩子时，《古剑奇谭》制片方已经在酝酿下一部仙侠经典了！

那就是十四郎最负盛名作品——《琉璃美人煞》！

关于这部电视剧的猜测众说纷纭，虽然目前还在前期筹备中，但说到是哪些人加盟，作为《琉璃美人煞》的原著粉丝，我不得不说，绝对值得期待，毕竟书里的情节和人物都太有可看点了！

让我们一起来盘点一下，到底是《琉璃美人煞》的哪些精彩之处hold了《古剑奇谭》制片方的心和眼呢？

史上读者最想占为己有的男主角 ——禹司凤

不得不说，禹司凤真的是倾倒了一众少女心。

且看"伊吹鸡腿子"的评价：

禹司凤小朋友天资聪颖，会巫术，会读心，会疗伤，会弹琴，会给姑娘画眉，随身携带各种救急道具，会吹口哨逗灵兽跳舞，还会表演变身……孩子你真的不是走江湖卖艺的？

"司凤司凤，让小银花跳舞！""好！""司凤司凤，给我做个弹弓！""嗯……""司凤司凤，我要看胸口碎大石！""呃……"

小编："鸡腿"，你还记得叶榕秋吗？

再看豆瓣读者"嬰。"的深情告白：

司凤，我一直想，这样一个完美的少年，正如钟敏言所说，是能迷倒万千少女的吧。他冷傲，却不失温情；他寡言，却句句服众；他年少，却见多识广；他稳重，却也会害羞脸红……当然，最重要的一点，他还长得很好看。他心有璇玑，默默地陪在她身边；在她孤独的时候，给她温和的笑颜；在她茫然的时候，握紧她的手；在她狼吞虎咽时，会细心地叫她慢点吃；在她面容不整时，替她挽发拂丝；在她好奇懵懂时，为她耐心解说。他会对陆嫣然和兰兰漠然，无视她们的殷勤和撒娇，却在璇玑面前温柔体贴、嘴角含笑，收起他的冷傲。就像她以为他会生气时，他说："我对你发过脾气吗？"不是没有脾气，只是他舍不得在她面前发怒，不愿她委屈。不是他不懂其他女人们的钟情，而是只有璇玑扎根在心。心中有了一个人，就再也容不下任何人。

最后看贴吧的亲人们玩起了心碎的接龙：我不是褚璇玑，我没有禹司凤。（容小编也默默在心里流泪。）

史上读者最想成为的女主角 ——褚璇玑

我看琉璃的时候真是畅快，因为这个角色，真的是有一股劲！也许是因为璇玑本来就是修罗，脾气是说上来就上来的那种。不像其他的女性角色那样柔弱。璇玑也有隐忍的时候，但是不只是为了男主，也有为了朋友，为了家人而忍的时候。她与玲珑的姐妹情，与敏言的暧昧，都很棒！

最初她不懂他的深情，因为她情窦初开时，心里那个暗淡的影子另有其人。

后来她懂得自己的感情，五百日夜的追寻，只为了找到那个人，他说，如果不是全部，那我就宁可不要。所以她双手奉上，全部的真心。只要他还不满意，那她继续找下去，继续等下去，等到哪一天，他可以对她说一句，璇玑，我等你很久了，你来得很迟，我很生气。

就应该是这样啊，女主不一定一生下来就喜欢男主，也有可能喜欢过别的人，有过青涩的情怀。也有过鲛人一样的蓝颜，可是最终还是与那个人在一起了。而且，男女主的情也是有因可循的。

史上最抢戏宠物，哦不，灵兽 ——腾蛇大人

"老子要吃饭。"多么熟悉的口气，多么熟悉的要求。他的银发随风而扬，袍角翻飞，衬着额角清晰精致的脉络，在这碧绿麦浪涌动的天地间，消弭了一切恩怨，一切苦厄，证明了所有人的成长。

初遇时，小凤凰和璇玑两人揭榜去破案，正是腾蛇借道人间，他是爱放火爱打架的祖宗呀。

烈日炎炎，璇玑惊诧于他的一头白发，却容貌十分俊美年轻。然则在之后的较量中，腾蛇大言不惭，司凤差点被烧成灰，璇玑火大，使出定坤的三昧真火烧伤了这放火的祖宗。

此时小魔鬼禹司凤火上添油，璇玑，你不是想养一只灵兽吗？你面前的可是威震四方的天界神兽啊！

璇玑按照司凤指示，跟腾蛇结下了契约，威风八面的腾蛇大人成了璇玑的灵兽。

由于神兽不得违逆主人，纵然他发怒想打架，拍到了璇玑身上也成了按摩挠痒痒……（腾蛇大人泪目一万次啊……）

他闹脾气不服，司凤开导璇玑：见过人家养小猫小狗的吗？你要对他好，给他饭吃！（小凤凰，你也是金翅鸟中奇葩……）

没想到凡间的食物就此收买了腾蛇大人的胃，虽然臭小娘看着不顺眼，禹司凤也这小魔鬼也顶坏，但是在好吃的美味佳肴面前，腾蛇大人只想做一个安静的美吃货啊！

史上最悲情宠物，哦不，女配角 ——紫狐

紫狐的悲伤，在第一次看《琉璃美人煞》时，甚至比主角的都来得苍凉。

她胆小善良，捉了好多人，结果把人在养在山上，大家愉快地在山上种地自耕自足，都不愿意离开这世外桃源。

世上最温柔的美男鱼亭奴说过，她是只善良的狐狸，所以即使开头她和璇玑一行人剑拔弩张地相遇，之后却化干戈为玉帛。

只是小凤凰顶坏，每当她鼓噪起来，他就扔小银花过去吓得她花容失色哇哇大哭。

一千年，已经让她长成一个美人。

一千年，终于让她等到了那个人。

然而一千年，什么都变了，却又什么没变。

他还是那么喜欢摸着她光亮的皮毛，却假装看不见她的情意。

总想起她一个人坐在屋顶上看月亮，看着喜欢的人不肯多说一个字。

总想起她风骨铮铮地说：我喜欢一个人就是喜欢，若喜欢就叫他偿还，那喜欢还有什么意思？

她明明是一只千娇百媚的狐狸啊，却爱得如此摧枯拉朽不可挡。

也总想起她在生命最后的时刻，问无支祁，他的梦里有过她吗？却执拗地不再要他回答。

因为她为他，等了一千年，却只是等来了一场空。

史上最粉红配角　翩翩和玉宁

还未看《琉璃美人煞》前，就已经对"翩翩是个男弟子"这样的设定"跪服"！

翩翩和玉宁是浮玉岛岛主东方清奇的高徒，翩翩是师兄，玉宁是小师妹。玉宁好强倔强，而翩翩温润如君子。直到杏花树下，看着一直看不见自己的玉宁，翩翩"霸道总裁"附身，"壁咚"升级版告白，看羞了躲在暗处围观的少男少女司凤和璇玑，让我再也不能忘记这一对璧人。

还有鲛人亭奴和战神将军，白帝和计都，大宫主和皓凤，他们是《琉璃美人煞》里的一段一段前尘，他们的寂寞爱恋也天长地久。每个人的心碎，每个人的守候，如同璇玑大婚当日，亭奴遥寄的那一颗举世无双的夜明珠。那是鲛人的眼泪跌进了最深最蓝的海里，像是什么都没发生过，伴着两世的爱慕，铭心刻骨地坠落。

2015年最红的仙侠配对到底是禹司凤&褚璇玑，
还是无支祁&元朗？
或者是小银花&腾蛇？
让我们拭目以待！

《琉璃美人煞》五周年珍藏版，
与你相遇三月春暖花开时！

十二星座恋爱の通关锦囊 私密大放送

魅丽史上最绝版私藏、详尽超值的恋爱大秘籍！
星座书上最史无前例、实用科学的通关妙锦囊！

想与心爱的人有情人终成眷属，就赶紧来看看希雅姐姐的独家大放送吧！

星座特征： 羊儿们有着明快的决断力以及敏捷的行动力，做事不拘小节，在追爱过程中只顾一心往前冲，却忽略了过程中的细节。还没做好周密的思考、制定完整的告白计划，便盲目地朝着心仪的目标发起攻势，结果受到现实的打击。

通关锦囊：三思而后行

代表人物： 唐可可（出自《拥抱你的小时光》）。超级学霸，不关心学习以外的任何事，但是非常有行动力，发现自己对学长许冬夏有好感后，立刻就冲上去告白，结果可想而知啦！

提醒： 感情这种事呢，急不来的。冲动是魔鬼，凡事只有三思而后行才能事半功倍哦！

白羊座

星座特征： 牛牛表达感情的方式含蓄而内敛，倾向于一厢情愿地暗恋，单方面关注、付出，却不敢向前迈一步，告诉对方自己的满腔爱意。

通关锦囊：勇敢地前行

代表人物： 高彦（出自《到不了的地方叫永远》）。美好的栀子花少年，很早就对陆凌南一见钟情，却整整七年都只敢暗恋，不敢踏出勇敢的第一步，结果与爱擦肩而过。

提醒： 让勇气不再缺席你的人生，给自己加油打气，勇敢向对方说出你的爱……还是有被接受的可能啊！

金牛座

星座特征： 双子喜欢一个人便会拿出百分之百的热情和活力去追求，一旦追到手，原本对对方的好奇心、探索欲、新鲜感便也开始慢慢消退。直至双子开始感到厌倦，他们很可能会动寻找新目标！

☆ **通关锦囊：深情专一爱**

代表人物： 顾彬（出自《到不了的地方叫永远》）。一开学就对苏瑾汐展开热烈追求，没多久两人便如胶似漆，羡煞旁人，哪知道一年后他就开始心猿意马。即使是为了自己的前途，也不应该拿感情当儿戏啊！

提醒：
如果爱，请深爱！只有坚定自己的心，一心一意珍惜眼前人，方能携手共赴幸福人生！

双子座

星座特征： 蟹蟹的情绪容易受周围人影响，旁人的观点和看法无不左右着巨蟹的选择。喜欢一个人，假如不被亲朋好友认可，巨蟹便开始动摇，而如果真的迎合别人的好恶而放手，之后又会后悔！

通关锦囊：听从自己心

代表人物： 陈书海（出自《拥抱你的小时光》）。生来就是为了读书而存在。在他的眼里，学习就是自己的情人。但是有一天，他对这个小情人的心被沈瑾动摇了。

提醒：
任何时候都要听从自己内心最真实的声音，活在自己的眼里吧！

巨蟹座

星座特征： 狮子们霸道强势，天生喜欢听好话。虚荣心强的他们常常被别人的甜言蜜语蛊惑而不自知，甚至还会陶醉在别人对自己的爱慕、钦佩之中无法自拔。

通关锦囊：经得住诱惑

代表人物： 宋辞（出自《拥抱你的小时光》）。好胜心强的他为了让唐可可看见并认可自己，一直争当学神级人物，次次勇夺年级第一。甚至还和仰慕自己已久的沈瑾在一起，虽然是为了刺激唐可可，也未免太过骄傲自信！

提醒：
别被一时的诱惑蒙蔽双眼，否则最后的局面极有可能惨到你不知如何收场！

狮子座

星座特征： 处女座的人被理智支配着大脑，所以总是一脸严肃。而在谈恋爱的时候，他们也常常用冷静的头脑去缜密地思考问题，给出的观点、看法从来都不在冲动、感性的范畴，这难免让另一半觉得跟处女座谈恋爱很无趣！

通关锦囊：多一点感性

代表人物：陆凌南（出自《到不了的地方叫永远》）。面对一心把自己从黑暗中拉出来的赵宁学弟，始终不愿意敞开心扉，总是一脸严肃认真，和学弟在一起后，可要多多跟学弟学习哦！

提醒： 不妨给恋爱生活来一点感性进行调剂，偶尔抒发感性情怀，可为爱情增光添彩！

处女座

星座特征： 天秤总是力求平衡、和谐，厌恶跟人争吵，不管是恋人流露出与往日不同的狰狞面目，还是自己被对方激得怒发冲冠，都是天秤不愿看到的，所以他们极力平息"战争"。

通关锦囊：利用好冲突

代表人物：赵宁（出自《到不了的地方叫永远》）。永远优雅美好的形象，像阳光一样照耀着陆凌南，把她从自我的园囿中拽出来，却从不正面和她产生任何冲突，简直是完美男友的化身！

提醒： 只维持表面的和平并不明智，利用好每一次冲突，才能争取到深度交流的机会哦！

天秤座

星座特征： 蝎子顽固、倔强，拥有强烈的自尊心，不轻易妥协、低头、服输。假如好心给天蝎提出意见，天蝎绝少会放低姿态，而是依然坚持自己的观点，依照自己的理念做出决定并采取行动。

通关锦囊：犟脾气改改

代表人物：陈漠北（出自《到不了的地方叫永远》）。因为其倔强的性格，所以能始终如一地坚持喜欢和追求学妹沈佳乐，不管她如何不理自己，也不妥协、不放弃，终于守得云开见月明，抱得美人归。

提醒： 恋爱时可就需要双方适当妥协了，否则固执己见、不留转圜的余地，只会让这段感情走向绝境！

天蝎座

星座特征： 射手拥有一段感情的话，起初他们会投入很多心思和热情去经营，但慢慢地，由于能引起射手兴趣的事实在太多，所以射手往往会变得对当前的感情不那么用心。

通关锦囊：用心地经营

代表人物：沈佳乐（出自《到不了的地方叫永远》）。一开始执着用心地爱着高彦，对热烈追求自己的陈学长视而不见，无奈高彦只当她是兄弟。偶然一天，她在苏瑾汐的撺掇下看到陈漠北的好时，感情的天秤也就慢慢倾斜了！

射手座

星座特征： 魔羯死要面子活受罪，即使有喜欢的人，也不会轻易说出埋藏在心底的炙热的爱，甚至还会正话反说，明明喜欢偏要说讨厌，明明想靠近却又拼命摆出迫不及待要远离的嫌弃样子。

通关锦囊：正话别反说

代表人物：白小蝶（出自《每一座荒城都有温柔童话》）。沉默寡言，喜欢躲在黑暗中静静地等待，但是内心深处拥有比谁都浓烈炙热的情感。最后因为舒念，终于破茧而出，成为真正的美丽蝴蝶！

提醒： 喜欢就说喜欢，不然，等到对方误以为你真的讨厌而默默投入别人的怀抱，你会后悔莫及！

魔羯座

星座特征： 瓶子个性有点儿拗。水瓶男有些大男子主义，认为女友应讨自己欢心，而非自己"贱贱"地讨好她；而水瓶女又性情耿直，最讨厌"虚假"，要她们对男友讲些"假惺惺"的肉麻情话，简直让她们痛不欲生！

通关锦囊：学会取悦人

代表人物：舒念（出自《每一座荒城都有温柔童话》）。说话刻薄，口是心非，每次在白小蝶面前都是表面打压她、揶揄她，并以此乐，殊不知这个人已经深深地住进了自己的心里。

提醒： 只要一点点的甜言蜜语，便可将爱情的甜度调高，何必非要往相反的方向走，跟自己过不去呢？

水瓶座

星座特征： 鱼儿性格较脆弱，遇到事情不是迎难而上、积极想对策，而是总想着怎么避开、怎么让自己的心情、让彼此的关系不受其影响。这种不敢直面问题的懦弱心态我们称之为"鸵鸟心态"。

通关锦囊：弃鸵鸟心态

代表人物：苏瑾汐（出自《到不了的地方叫永远》）。明知道男朋友顾彬脚踏两只船，也不敢面对，只是一味逃避，到最后被好友揭穿时还迁怒好友多管闲事。这样的感情，要怎么继续？

提醒： 面对麻烦，采取回避的态度只会扩大矛盾、加剧焦虑，还不如趁早直面现实！

双鱼座

2015年3月20日至4月20日

互动有奖调查表

姓名： **年龄：** **性别：** **电话：**
地址：

　　欢迎来到魅丽优品的新书新貌新世界！全新的改版，浪漫、诙谐、有趣，种种不同的新书预告和介绍，以多彩多姿的面貌呈现在你的面前。在未来的一年里，我们将持续且创新地在每本书后推出各种精彩新书专栏和展示不同内容，如果你喜欢我们精心创作的这份随书附赠的小小礼物，就请回复我们来支持我们吧。

❤ **你的最爱**

1. 本期新书预告专栏中，你最爱的栏目是？（多选题，请在最喜欢的几个栏目后打✓）
　新秀街　　　　　疯狂游乐场　　　　　老友记

2. 本期新书预告专栏中，你最爱的新书是？（请根据你喜欢的栏目内容标明你喜欢的3本新书）

_____

_____

_____

3. 本期新书预告专栏中，你最喜欢的作者按顺序是？（请列举三位）
_____、_____、_____

4. 本期的图和文字，你更喜欢哪一种？（二选一，在选项后打✓）
　图画排版　　　　　文字内容

❤ **线下投票：**
　填好以上表格，将它寄回魅丽优品的大本营：

湖南省长沙市开福区黄兴北路89号上城金都南栋21楼　魅丽优品 市场部 收

你100%有机会得到我们送出的礼品一份。

❤ **线上投票：**
　如果不想寄信，你可以登录我们的微博和微信进行投票，也有机会得到我们送出的新书一本哦。快来扫一扫，进行线上投票吧！

| 魅丽优品微博二维码 | 魅丽优品微信二维码 | 瞳文社微博二维码 | 瞳文社微信二维码 |